古韵新声诗三百

主　编：袁　鹰
副主编：缪俊杰　王必胜

作家出版社

主编简介

袁鹰，原名田钟洛，1924 年生，当代诗人、儿童文学家、散文家。20 世纪 40 年代中期开始文学创作，曾任中国作家协会书记处书记、主席团委员，人民日报文艺部主任。发表过《白杨》《筏子》《井冈翠竹》等名篇，出版散文集有《第一个火花》《红河南北》《第十个春天》《风帆》《悲欢》《天涯》《运行》《京华小品》《风云侧记》《袁鹰散文选》等。

目录
CATALOGUE

序：千年诗史谱新篇

中国有连绵千载的诗歌历史，是举世无双的诗的国度。在上古年代，就出现内容丰富多彩的诗歌总汇《诗》（后被尊称为《诗经》）。被奉为“至圣先师”的孔子，就叮嘱他的弟子们认真学《诗》，他曾精辟地阐明《诗》的功能：“可以兴，可以观，可以群，可以怨。”也就是说，强调诗具有鼓舞、欣赏、团结和批评功能。那首“关关雎鸠，在河之洲，窈窕淑女，君子好逑”，是最古老的情景交融的诗。悠悠千载，“兴、观、群、怨”四个字对我们仍然有重要的启发意义。之后，历经汉魏六朝诗人们的创作，到唐代，由于李白、杜甫、白居易、孟浩然、王维、李商隐的卓越贡献，诗歌进入了光辉绚烂的时代。及至后世诗的优秀选本《唐诗三百首》，连绵千载，成为一代又一代人学诗的范本。即使后来宋词、元曲直到二十世纪五四运动以后白话诗成为主流，也从未影响旧体诗的流传。到现代仍然拥有大量的读者和作者，也不断出现脍炙人口的优秀之作，继续发挥“兴、观、群、怨”的独特功能。我想，在未来的年月，也必然会延续下去。

记得在我童蒙年代，曾经中过前清进士、当过几任地方官的祖父，就教我读唐诗。最早的是李白的《静夜思》：“床前明月光，疑是地上霜。举头望明月，低头思故乡。”以及孟浩然的《春晓》：“春眠不觉晓，处处闻啼鸟。夜来风雨声，花落知多少。”——两首比较浅显易懂的诗。他规定我无论懂得深不深，一定要背诵。他说：“多读就能记住。”我到现在已九十五岁，老、弱、病、残俱备，但还能背诵不少唐诗名篇，包括《琵琶行》《长恨歌》这样的长诗，是当年练就的“童子功”。我不知道现代的中小学语文课本里，有多少流传的名诗，老师是否要求学生能背诵；我以为，能够记住并且流利地背诵，应该是读诗的基本功，也才能逐渐领会到诗的功能。

几位热爱旧体诗的友人不辞辛劳，广泛

搜寻，编纂了这本《古韵新声诗三百》，是一件意义深远、功德无量的好事，让具有悠长历史的诗歌传统继续传承下去，也能满足我们这样的中老年读者的愿望。因而说了这一堆啰嗦话，表达感谢和期望的心情。也请读者朋友指正。

袁鹰

2019年10月 北京

孙中山

孙中山（1866—1925），又名孙文，字载之，号逸仙。广东香山县（今中山市）人。早年成立中国同盟会，进行革命宣传并多次组织起义。1911年武昌起义成功后，被推举为中华民国临时大总统。1925年3月在北京逝世。

咏　志

万象阴霾打不开，红羊劫运日相催。
顶天立地奇男子，要把乾坤扭转来。

挽刘道一

半壁东南三楚雄，刘郎死去霸图空。
尚余遗业艰难甚，谁与斯人慷慨同！
塞上秋风悲战马，神州落日泣哀鸿。
几时痛饮黄龙酒，横揽江流一奠公。

蔡元培

蔡元培（1868—1940），字鹤卿，号孑民。浙江绍兴人。光绪进士、翰林院编修。现代著名民主革命家、教育家。曾任北京大学校长。

题王济远《黄花岗凭吊图》

碧血三年化，黄花终古香。
为群直牺己，后死尽知方。

咏红叶

霜叶红于二月花，故乡乌桕荫农家。
不须更畏吴江冷，自有温情熨晚霞。

赠鲁迅（二首）

一

养兵千日知何用，大敌当前喑不声。
汝辈尚容说威信，十重颜甲对苍生。

二

几多恩怨争牛李，有数人才走越胡。
顾犬补牢犹未晚，只今谁是蔺相如。

章太炎

章太炎（1869—1936），原名学乘，字枚叔，后易名为炳麟。因反清意识浓厚，倾慕顾绛（顾炎武）的为人行事而改名为绛，号太炎。世人常称之为“太炎先生”。浙江余杭人。清末曾任《时务报》撰述，主编《大共和日报》。

狱中赠邹容

邹容吾小弟，被发下瀛州。
快剪刀除辫，干牛肉作糇。
英雄一入狱，天地亦悲秋。
临命须掺手，乾坤只两头！

吴　虞

吴虞（1872—1949），原名姬传、永宽，字又陵，亦署幼陵，号黎明老人。四川新繁（今成都市）人。近代思想家、学者。早年留学日本，归国后任四川《醒群报》主笔。曾在北京大学任教。

寄陈独秀狱中

早年谈《易》记儒生，意气翻惊四海横。
党锢固应关国计，罪言犹足见神明。
尽知大胆如王雅，何必高文似马卿。
万古江河真不废，新书还望狱中成。

黄　节

黄节（1873—1935），初名晦闻，字玉昆，号纯熙，又号节。广东顺德人。近代著名诗人、学者。曾在上海创办“国学保存会”，阐发国学传统。

杂诗（三首）

一

松柏张秋维，园馆生夕阴。
蔽亏尚未已。萧飒无留禽。
随阳众所乐，憩夏昔所任。
徒闻蟋蟀鸣，仿佛枫树林。
入耳暂无虑，察物唯伤心。
嗟民独靡依，不闻发悲音。

二

露下青玉凝，风动金支舞。
梧桐叶微脱，庭阶夜将曙。
节士悲零落，达人观岁序。

消长理必繇，物亦莫能忤。
鸡鸣一何急，日出光易午。
思治恐弗及，在暗恐弗悟。
坐起披书读，潇潇更闻雨。

三

朔风吹飞雁，南望天无极。
明知寒已至，去此将安适？
衡阳不可度，漳川宁可息！
引领见云中，关塞奔直北。
湑湑赤棠道，采采首山侧。
秋高稻粱肥，胡不奋归翼？
群飞夺孤往，何况栖水国。
君子念乱离，欲行行未得。

汪辟疆

汪辟疆（1887—1967），原名汪国垣，字笠云，后改字辟疆，别号展庵，晚年自号方湖。江西彭泽人。近代目录学家、藏书家。曾在南京大学任教授。

乱后由章门返湖口

大孤亲我颜，失喜无百里。
小孤落眼前，相望隔烟水。
两山相向愁，亦似杂悲喜。
山川落东南，风物始秀美。
霜林渐渥丹，苍翠固未已。
初讶一拳石，不与波填委。
坐想凌波姿，摇波自吊诡。
念我东西人，看山在篷底。
何当载美酒，醉倒烟霞里。
山灵坐笑人，役役胡为尔。

黄　兴

黄兴（1874—1916），原名轸，字廑午。后改名兴，字克强。湖南善化（今长沙市）人。与孙中山共同创立中国同盟会，任庶务长。1912年南京临时政府成立后任陆军总长。1916年病逝于上海。

咏　鹰

独立雄无敌，长空万里风。
可怜此豪杰，岂肯困樊笼？
一去渡沧海，高扬摩碧穹。
秋深霜气肃，木落万山空。

秋　瑾

秋瑾（1875—1907），字璇卿，号竞雄，自称鉴湖女侠。浙江山阴（今绍兴市）人，生于厦门。早年在日本参加同盟会，回国后组织光复军任协领。因刺杀安徽巡抚失败被捕，1907年在绍兴就义。

杞人忧

幽燕烽火几时收，闻道中洋战未休。

漆室空怀忧国恨，难将巾帼易兜鍪。

对　酒

不惜千金买宝刀，貂裘换酒也堪豪。
一腔热血勤珍重，洒去犹能化碧涛。

黄海舟中日人索句并见日俄战争地图

万里乘云去复来，只身东海挟春雷。
忍看图画移颜色，肯使江山付劫灰。
浊酒不销忧国泪，救时应仗出群才。
拼将十万头颅血，须把乾坤力挽回。

沈钧儒

沈钧儒（1875—1963），字秉甫，号衡山。浙江嘉兴人。清光绪进士。早年留学日本，回国后加入中国同盟会，从事立宪运动。1936年与邹韬奋等七人筹组“抗敌救亡总会”，因此被捕，史称“七君子”。后改组中国同盟会为中国民主同盟，并任主席。

诗人节题屈原遗像

屈子沉江日，贾生痛哭年。
欲寻人外世，为问古时天。
悄悄复仇志，悠悠独醒篇。
诗人今不作，此意更谁传。

鸦与鹊

监所四周老树甚多，每晨闻鸦群争吵，而庭际鹊声清脆，亦一一传至枕上，诗以纪之。

昔读忠愍诗，吉凶各有辞。
今乃同时至，将何决此疑？
吾人重自信，真理终不移！
俯仰了无愧，鸣噪一任之。

经　年

1944年11月11日晚，沫若先生欢宴亚子先生，适逢周恩来先生自西北飞来赶到参加，同饮甚欢。既逾二十日乘竹舆下神仙口，望见南山，忽忆其事。

经年不放酒杯宽，雾压江城夜正寒。
有客喜从天上至，感时惊向域中看。
新阳共举葡萄盏，触角长惭獬豸冠。
痛哭狂欢俱未足，河山杂遝试凭栏。

杨 度

杨度（1875—1931），原名承瓒，字皙子，后改名度。留学日本。湖南湘潭人。清末反对礼教派的主要人物之一。曾营救过李大钊等人，为民主解放运动做了很多有益的工作。1931年在上海病逝。

次韵奉和虔谷先生

茶铛药臼伴孤身，世变苍茫白发新。
市井有谁知国士，江湖容汝作诗人。
胸中兵甲连霄斗，眼底干戈接塞尘。
尚拟一挥筹运笔，书生襟抱本无垠。

陈叔通

陈叔通（1876—1966），浙江杭州人。清末翰林。曾留学日本，回国后从事民主运动，曾参加反袁护法斗争。新中国成立以后，任全国政协副主席、全国工商联主任委员。

洛衡沦陷

阻河谁揖盗？同室转寻雠。
岂仅藩篱撤，从河麦稻收。
长蛇犹可断，铤鹿未能收。
域外频闻捷，因人总自羞！

日寇乞降喜而不寐枕上作

围城偷活鬓加霜，八载何尝苦备尝？
未见整师下江汉，已传降表出扶桑。
明知后事纷难说，纵带惭颜喜欲狂。
似此兴亡亦儿戏，要须努力救疮伤。

廖仲恺

廖仲恺（1877—1925），原名恩煦。祖籍广东惠阳人。出生于美国旧金山华侨家庭。早年留学日本，任同盟会总部会计长。回国后受孙中山委托，先后担任工人部部长、农民部部长、财政部部长、广东省省长。1925 年被暴徒暗杀。

壬戌六月禁锢中闻变有感（二首）

一

珠江日夕起风雷，已倒狂澜孰挽回？
徵羽不调弦亦怨，死生能一我何哀。
鼠肝虫臂唯天命，马勃牛溲称异才。
物论未应衡大小，栋梁终为蠹蝝摧。

二

妖雾弥漫混太清，将军一去树飘零。
隐忧已肇初开府，内热如焚夕饮冰。
犀首从雠师不武，要离埋骨草空青。
老成凋谢余灰烬，愁说天南有陨星。

王国维

王国维（1877—1927），字静安，亦字伯隅，号观堂，亦曰永观。浙江海宁人。早年留学日本，学习西洋哲学、文学、美术。回国后在南通、苏州等地任教。1925年受聘清华大学教授。1927年自沉于颐和园昆明湖。

读史（二首）

一

西域纵横尽百城，张陈远略逊甘英。
千秋壮观君知否，黑海东头望大秦。

二

北临洛水拜陵园，奉表迁都大义存。
纵使暮年终作贼，江东那更有桓温。

书古书中故纸

昨夜书中得故纸，今朝随意写新诗。

长捐箧底终无恙，比入怀中便足奇。

黯淡谁能知汝恨，沾涂亦自笑余疾。

书成付与炉中火，了却人间是与非。

徐特立

徐特立（1877—1968），又名徐立华，原名懋恂，字师陶，湖南善化（今长沙）人。革命家和教育家，被尊为“延安五老”之一。

送董老赴京

万国王冠落，吾京独屹然。
蔺颇重好合，萁豆弗相煎。
单调难成曲，群擎可柱天。
佳音告黄帝，桥山且驻鞭。

黄炎培

黄炎培（1878—1965），号楚南，字韧之，笔名抱一，江苏川沙县（今上海市）人。中国民主同盟主要发起人之一。他以毕生精力奉献于中国的职业教育事业。新中国成立以后，任全国人大副委员长、全国政协副主席。

吾　心

老叩吾心矩或违，十年只自忆无衣。
立身不管人推挽，铄口宁愁众是非。
渊静被驱鱼忍逝，巢空犹恋燕知归。
谁仁谁暴何须问，未许西山隐采薇。

自上海飞南京绝句

春秋贬尽战无名，送入云端野哭声。
一白河淮新战骨，忍揩泪眼看春城。

阴　冻

莫道阴霾冻不开，无心终盼一阳回。
闭门忍听千家哭，袖手何曾万念灰。
枉欲投鞭平黑水，生愁抱蔓到黄台。
邻翁走告军符急，夜半搜床里正来。

温泉峡

深江峡束奔流住，幻作琉璃碧凝冱。
春山恹恹云醉之，破晓初醒还睡去。
山楼百丈临江开，绛桃玉兰锦绣堆。
佛殿铁瓦青崔巍，琴庐磬室相依偎。
藤根温瀑若泼醅，我身既澡心绝埃。
善与众乐诚快哉，抱云一枕客梦回。
江声泉声惊喧豗，千军万骑疑敌来。
与子同仇宁徘徊，棹讴上濑凄以哀。
如诉民隐心为摧，何处笙歌沸遥夕。
云外楼台自金碧，嘉陵江上神仙宅。

玄武湖秋感（二首）

一

黄花心事有谁知？傲尽风霜两鬓丝。
争羡湖园秋色好，万千凉叶正辞枝。

二

红黄设色补寒苔，占缀秋光枉费才。
毕竟冰霜谁耐得，青松园角后凋材。

何香凝

何香凝（1878—1972），原名谏，又名瑞谏，广东南海人，女革命家，也是著名画家。新中国成立以后，任全国人大副委员长、全国妇联名誉主席。

悼仲恺

辗转兰床独抱衾，起来重读柏舟吟。
月明霜冷人何处，影薄灯残夜自深。
入梦相逢知不易，返魂无术恨难禁。
哀思唯奋酬君愿，报国何时尽此心。

题《梅花》

俗虑尘心且尽赊，丹青为伴写烟霞。
沽酒莫愁阿堵物，石头城下卖梅花。

陈独秀

陈独秀（1879—1942），原名陈庆同，字仲甫，安徽怀宁（今安庆）人。1915年创办《新青年》杂志。马克思主义的传播者，新文化运动的倡导者之一，中国共产党的创始人和早期的主要领导人之一。1932年9月入狱五年，1942年病故于四川江津。

雪中偕友人登吴山（节选）

登高失川原，乾坤莽一色。
骋心穷俯仰，万象眼中寂。
屋瓦白如沙，层城没寒碛。
缤纷蔽远峰，冷色空林积。
冻鸟西北来，下啄枯枝食。
感尔饥寒心，四顾天地窄。

夜雨狂歌答沈二

墨云压地地裂口，飞龙倒海势蚴蟉。
喝日退避雷师吼，两脚踏破九州九。
九州嚣隘聚群丑，灵琐高扃立玉狗。
烛龙老死夜深黝，伯强拍手满地走。
竹斑未灭帝骨朽，来此浮山去已久。
雪峰东奔朝岣嵝，江上狂夫碎白首。
笔底寒潮撼星斗，感君意气进君酒。
滴血写诗报良友，天雨金粟泣鬼母。
黑风吹海绝地纽，羿与康回笑握手。

题西乡南洲游猎图

勤王革命皆形迹，有逆吾心罔不鸣。
直尺不遗身后恨，枉寻徒屈自由身。
驰驱甘入棘荆地，顾盼莫非羊豕群。
男子立身唯一剑，不知事败与功成。

灵隐寺前

垂柳飞花村路香，酒旗风暖少年狂。
桥头日系青骢马，惆怅当年萧九娘。

胡汉民

胡汉民（1879—1936），字展堂，广东番禺人。早年参加同盟会，随同孙中山策动过多次武装起义。抗战爆发后，主张抗日。1936年在广州病逝。

哭执信

岂徒风谊兼师友，屡共艰虞识性情。
关塞归魂秋黯淡，河梁携手语分明。
盗犹憎主谁之过，人尽思君死太轻。
哀语追摹终不是，铸金宁得似生平。

于右任

于右任（1879—1964），原名伯循。陕西三原人。早年参加同盟会。曾长期任国民政府监察院院长。1964年病逝于台北。

题民元照片

不信青春唤不回，不容青史尽成灰。
低回海上成功宴，万里江山酒一杯。

望　雨

独立精神未有伤，天风吹动太平洋。
更来太武山头望，雨湿神州望故乡。

归陕次潼关作

迟我遗黎有几何？天饕人虐两难过。

河声岳色都非昔，老入关门涕泪多。

南　山

南山云接北山云，变化无端昔自今。
为待雨来频怅望，欲寻诗去一沉吟。
百年岁月羞看剑，一代风雷荡此心。
莫把彩毫轻掷去，飞花和泪满衣襟。

望大陆

葬我于高山之上兮，望我大陆；
大陆不可见兮，只有痛哭！
葬我于高山之上兮，望我故乡；
故乡不可见兮，永不能忘！
天苍苍，野茫茫；山之上，国有殇！

刘大白

刘大白（1880—1932），原名金庆棪，后改姓刘，名靖裔，字大白，别号白屋。浙江绍兴人。曾东渡日本，南下印尼，后在复旦大学执教数十年，为复旦大学校歌作词。

读《石头记》

花谢春成劫，风流梦忽醒。
有情方许读，无字不通灵。
悟境参虚白，奇书亦汗青。
美人香草意，俚语续骚经。

鲁　迅

鲁迅（1881—1936），原名周樟寿，后改名周树人，字豫山，后改豫才，笔名鲁迅。浙江绍兴人。早年留学日本学医，后弃医从文。1936年在上海病逝。

自　嘲

运交华盖欲何求，未敢翻身已碰头。
破帽遮颜过闹市，漏船载酒泛中流。
横眉冷对千夫指，俯首甘为孺子牛。
躲进小楼成一统，管他冬夏与春秋。

无 题

惯于长夜过春时，挈妇将雏鬓有丝。
梦里依稀慈母泪，城头变幻大王旗。
忍看朋辈成新鬼，怒向刀丛觅小诗。
吟罢低眉无写处，月光如水照缁衣。

自题小像

灵台无计逃神矢，风雨如磐暗故园。
寄意寒星荃不察，我以我血荐轩辕。

无　题

血沃中原肥劲草，寒凝大地发春华。
英雄多故谋夫病，泪洒崇陵噪暮鸦。

无　题

万家墨面没蒿莱，敢有歌吟动地哀。
心事浩茫连广宇，于无声处听惊雷。

宋教仁

宋教仁（1882—1913），字钝初，号渔父，湖南桃源人。早年“反清”，中华民国时期为法制院院长。被称为中国“宪政之父”。1913年3月袁世凯派刺客在上海将宋教仁暗杀。

晚泊梁子湖

日落浦风急，天低野树昏。
孤舟依残渚，秋月照征人。
家国嗟何在，乾坤渺一身。
夜阑不成寐，抚剑独怆神。

登南高峰

日出雪磴滑，山枯林叶空。
徐寻屈曲径，竟上最高峰。
村市沉云底，江帆走树中。
海门潮正涌，我欲挽强弓。

冯玉祥

冯玉祥（1882—1948），字焕章，原名基善，原籍安徽巢县（今巢湖市），生于直隶青县（今属河北沧州市），原西北军阀，有“布衣将军”之称。参加过北伐战争、抗日战争。1948年赴美考察，回国途中因轮船失火遇难。

植树（二首）

一

老冯住徐州，大树绿油油。

谁砍我的树，我砍谁的头。

二

森林密层层，独自慢慢行。

红叶和绿叶，天然画图成。

沈尹默

沈尹默（1883—1971），原名君默，字秋明，号君墨，别号鬼谷子。祖籍浙江湖州，生于陕西兴安府。早年留学日本，曾任北平大学教授和校长、辅仁大学教授。新中国成立以后任中央文史馆副馆长。

闻雷峰塔倾坏

梧叶披离荷叶乾，西风吹梦过江干。
斜阳古寺西湖路，无复嵚奇老衲看。

大雪中寄刘三

漫斟新酝写新愁，苦忆杭州旧酒楼。

欲向刘三问消息，不知风雪几时休。

小　草

小草守本根，而不殉世情。
庭野无二致，古今同一荣。
每被秋霜杀，还共春阳生。
践踏随所遭，俯仰岂不平！
寻常乃如此，松柏有高名。

马叙伦

马叙伦（1885—1970），字夷初，号石翁，浙江余杭（今杭州）人。早年参加同盟会，曾任清华大学、北京大学等校教授。新中国成立以后，任国家教育部部长、全国政协副主席。

九月十八日正望前一日

可怜歌舞弃金城，边月仍圆岁月更。
我自年年歌当哭，旁人错认绕梁声。

偶　成

爝火偏争赤日明，鸺鹠当昼肆鸣声。
每闻盗跖谈仁义，为学夷吾止甲兵。
万里磷燃疑纵火，千家巷哭欲崩城。
逃秦只是书生事，大业终期在耦耕。

苏曼殊

苏曼殊（1884—1918），原名戬，字子谷，学名元瑛（亦作玄瑛），法名博经，法号曼殊，笔名印禅、苏湜。广东香山县人，生于日本横滨，父亲是茶商，母亲是日本人。中国革新派文学团体南社的重要成员。

本事诗一

春雨楼头尺八箫，何时归看浙江潮？
芒鞋破钵无人识，踏过樱花第几桥。

本事诗二

乌舍凌波肌似雪，亲持红叶索题诗。
还卿一钵无情泪，恨不相逢未剃时。

过若松町有感示仲兄

契阔死生君莫问，行云流水一孤僧。
无端狂笑无端哭，纵有欢肠已似冰。

朱执信

朱执信（1885—1920），原名大符，字执信，祖籍浙江萧山，生于广东广州市。曾留学日本。后参加黄花岗起义。担任过《民报》《建设》等刊物的编辑。

杂 诗

凉风忽已厉，中夜绪苦恶。
共此羁旅怀，畏道罗衾薄。
缠衣起绕间，明星粲如昨。
俯见渔舟宿，宵火熸不灼。
万物归一静，畯寒起寥廓。
还就单枕眠，唯有念离索。

周作人

周作人（1885—1967），原名周櫆寿（后改为奎绶），字星杓，又名启明、启孟、起孟，笔名遐寿等。是鲁迅（周树人）之弟，周建人之兄。浙江绍兴人。与鲁迅、林语堂、孙伏园等创办《语丝》周刊。

偶成六章

一

粥饭钟鱼非本业，劈柴挑担亦随缘。
有时掷钵飞空去，东郭门头看月圆。

二

禹迹寺前春草生，沈园遗迹欠分明。
偶然拄杖桥头望，流水斜阳太有情。

三

禅妆溜下无情思，正是沉阴欲雪天。
买得一条油炸鬼，惜无薄粥下微盐。

四

不是渊明乞食时，但称陀佛省言辞。
携归白酒私牛肉，醉倒村边土地祠。

五

橙皮权当屠苏酒，赢得衰颜一霎红。
我醉欲眠眠未得，儿啼妇语闹哄哄。

六

但思忍过事堪喜，回首冤亲一惘然。
饱吃苦茶辨余味，代言觅得杜樊川。

邹　容

邹容（1885—1905），原名桂文，又名威丹、蔚丹、绍陶。留学日本时改名邹容。四川巴县（今重庆市）人。自日本回国后，与章太炎结为莫逆之交。后二人同时被捕，邹容被折磨病死狱中。后经孙中山批准，南京临时政府追赠邹容为大将军。

狱中答西狩

我兄章枚叔，忧国心如焚。
并世无知己，吾生苦不文。
一朝沦地狱，何日扫妖氛？
昨夜梦和尔，同兴革命军。

李济深

李济深（1885—1959），广西梧州人，原名李济琛，字任潮。早年毕业于北京陆军大学。留学日本。曾任国民革命军要职。新中国成立以后，任中央人民政府副主席。

绝句（二首）

一

万方多难上庐山，为报隆情一往返。
纵使上清无限好，难忘忧患在人间。

二

庐山高处最清凉，为恐消磨半热肠。
自是生成庸俗骨，从来不惯住仙乡。

杨树达

杨树达（1885—1956），字遇夫，号积微，晚更号耐林翁，湖南长沙人。曾留学日本，后受聘于清华大学国学研究院教授。毕生从事汉语语法、文字学研究和教学。

落　叶

荒林无径少人经，片片辞条寂可听。
运去难回春影绿，身枯犹恋故山青。
未妨贴地行双屐，犹忆因风送远馨。
三载有人成一叶，只惊玄昊太通灵。

董必武

董必武（1886—1975），湖北黄安（今红安）人。新中国成立以后，任最高法院院长、中华人民共和国副主席。

访问瑞金（二首）

一

绕郭绵江自在流，云龙桥上好凝眸。
西山白塔虽仍在，田亩无私迥不侔。

二

昔日红都迹尚留，公房简朴范千秋。
叶坪沙坝遥相望，谒者频来总乐游。

林伯渠

林伯渠（1886—1960），原名林祖涵，字邃园，号伯渠。湖南常德（今临澧县）人。中共五老之一，新中国成立以后，任全国人大副委员长。

徐老七十大寿

徐老初逢七十岁，健康精力古来稀。
门墙多士空前杰，瀛海求书苦未迟。
早识船山宏大义，记从章水订交期。
长途漫说老牛笨，却异骅骝任所之。

黄　侃

黄侃（1886—1935），初名乔鼐，后更名乔馨，最后改为侃，字季刚，又字季子，晚年自号量守居士。湖北省蕲春人，生于成都。曾留学日本，回国后任清华研究院、北京大学、金陵大学等校教授。

行路难

长安城头落日黄，高树叶尽天欲霜。
此时孤雁更难去，使我登楼怀故乡。
故乡只隔吴江水，江南蓟北三千里。
十城荡荡九城空，大军过后生荆杞。
恸哭秋原一片声，谁人不起离乱情？
已知杀掠成常事，终羡共和是美名。
游氛蔽天关塞黑，易京留滞归不得。
谁令虎豹守天阍，坐见豺狼满中国。
酒尽歌阑无复陈，猿鸣鬼啸殊愁人。

莲谷晓望

朝暾出咸池，五色相绚灿。
霞光荡金轮，缪绕久不散。
彭蠡倒作天，洲溆布河汉。
云气联地维，晶光赫天半。

柳亚子

柳亚子（1887—1958），初名慰高，后更名弃疾，字如安，改字亚庐、亚子。江苏吴江（今苏州市）人。早年从事民主革命，创办南社，为南社领袖，誉满诗坛。新中国成立以后，任全国人大常委、中央人民政府委员。

元旦感怀

希望前途竟若何，天荒地老感情多。
三河侠少谁相识，一掬雄心总不磨。
理想飞腾新世界，年华孤负好头颅。
椒花柏酒无情绪，自唱巴黎革命歌。

孤　愤

孤愤真防决地维，忍抬醒眼看群尸？
美新已见扬雄颂，劝进还传阮籍词。
岂有沐猴能作帝？居然腐鼠亦乘时。
宵来忽作亡秦梦，北伐声中起誓师。

李大钊

李大钊（1889—1927），字守常，河北乐亭人，早年留学日本。回国后，先后主编《晨钟》《甲寅日刊》《新青年》，发表《庶民的胜利》等文章传播马克思主义。中国共产党主要创始人之一，1927年4月28日被军阀杀害。

南天动乱，适将去国，忆天问军中

班生此去意何云？破碎神州日已曛。
去国徒深屈子恨，靖氛空说岳家军。
风尘河北音书断，戎马江南羽檄纷。
无限伤心劫后话，连天烽火独思君。

口占一绝

壮别天涯未许愁，尽将离恨付东流。
何当痛饮黄龙府，高筑神州风雨楼。

陈寅恪

陈寅恪（1890—1969），字鹤寿，江西修水人。清代江西诗派、同光体诗人陈三立之子。历史学家、古典文学研究家、语言学家。先后任清华大学、西南联大、广西大学、燕京大学、中山大学等大学教授。

乙酉八月十一日晨起闻日本乞降喜赋

降书夕到醒方知，何幸今生见此时。
闻讯杜陵欢至泣，还家贺监病弥衰。
国仇已雪南迁耻，家祭难忘北定时。
念往忧来无限感，喜心题句又成悲。

忆故居

渺渺钟声出远方，依依林影万鸦藏。
一生负气成今日，四海无人对夕阳。
破碎山河迎胜利，残余岁月送凄凉。
松门松菊何年梦，且认他乡作故乡。

戊辰中秋夕渤海舟中作

天风吹月到孤舟，哀乐无端托此游。
影底河山频换世，愁中节物易惊秋。
初升紫塞云将合，照彻沧波海不流。
解识阴晴圆缺意，有人雾鬓独登楼。

陈布雷

陈布雷（1890—1948），本名陈训恩，字彦及，号畏垒，笔名布雷。浙江慈溪人。抗战时期，有“国民党第一支笔”之称。

郭沫若君五十初度，朋辈为举行二十五周年创作纪念，诗以贺之（二首）

一

滟滪奔流一派开，少年挥笔动风雷。
低徊海澨高吟日，犹似秋潮万马来。

二

刻骨辛酸藕断丝，国门归棹恰当时。
九州无限抛雏恨，唱彻千秋堕泪词。

胡　适

胡适（1891—1962），原名洪骍，字适之。安徽绩溪人。早年留学美国。回国后任北京大学教授、校长。提倡白话文，支持新文化运动。1948年后去台湾。

游明末遗臣采薇子墓

野竹遮荒冢，残碑认故臣。
前年亡虏日，几个采薇人。

和丁在君（三首）

一

颇悔三年不看山，遂教故纸老朱颜。
只须留得童心在，莫问鬓毛斑未斑。

二

乱世偷闲非易事，良朋久聚更艰难。
高谈低唱听涛坐，六七年来无此欢。

三

无多余勇堪浮海，应有仙方可黑须。
别后至今方七日，灵丹添得几丸无。

陶行知

陶行知（1891—1946），原名陶文濬。安徽省歙县人。人民教育家、思想家。曾任国立东南大学教授，以发表《中华教育改进社改造全国乡村教育宣言书》名世。

小孤山（二首）

一

谁说孤山小，脚跟立住了。
号令长江水，东流两边绕。

二

谁说孤山小，年纪忘记了。
为问来往舟，浮沉知多少？

刘半农

刘半农（1891—1934），原名寿彭，后名复，初字半侬，后改半农，晚号曲庵。江苏江阴人。曾任北京大学教授。

游香山纪事诗（五首）

一

扬鞭出北门，心在香山麓。
朝阳浴马头，残露湿马足。

二

古刹门半开，微露金身佛。
颓唐一老僧，当窗缝破衲。
小僧手纸鸢，有线不盈尺。
远见行客来，笑向天空掷。

三

古墓傍小桥，桥上苔如洗。
牵马饮清流，人在清流底。

四

一曲横河水，风定波光静。
泛泛双白鹅，荡碎垂杨影。

五

白云如温絮，广覆香山巅。
横亘数十里，上接苍冥天。
今年秋风后，棉价倍往年。
愿得漫天云，化作铺地棉。

郭沫若

郭沫若（1892—1978），原名郭开贞，字鼎堂，号尚武，笔名沫若、麦克昂、羊易之等。四川乐山人。早年留学日本，新中国成立以后，任中国科学院首任院长、中国科学技术大学首任校长、政务院副总理、政协全国副主席、全国人大副委员长等职。

七 律

哀的美敦书已西，冲寇有怒与天齐。
问谁牧马侵长塞，我欲屠蛟上大堤。
此日九天成醉梦，当头一棒破痴迷。
男儿投笔寻常事，归作沙场一片泥。

流连南岳

中原龙战血玄黄，必胜必成恃自强。
暂把豪情寄山水，权将余力写肝肠。
云横万里长缨展，日照千峰铁骑骧。
犹有邺侯遗迹在，寇平重上读书堂。

郭绍虞

郭绍虞（1893—1984），原名希汾。江苏苏州人。长期任复旦大学教授，兼任中国作家协会上海分会副主席。

题《宋诗话考》效遗山体

叶梦得《叶林诗话》

随波截流与同参，白石沧浪鼎足三。
解识蓝田良玉妙，那关门户逞私谈。

题姜夔《白石道人诗话》

恒蹊脱尽启禅宗，衣钵传来云密峰。
若认丹邱开妙悟，固应白石作先锋。

严羽《沧浪诗话》

胜语非从补假来，早于《诗品》见心裁。
沧浪参得诗精子，济水误人是别才。

拙著《宋诗话辑佚》

钩沉集腋到骚坛，比迹《玉函》成鼠肝。
若使葑菲堪采撷，可能换骨有灵丹。

杨杏佛

杨杏佛（1893—1933），名铨，字宏甫，号杏佛。江西清江县（今樟树市）人。祖籍江西玉山。近代经济管理学家、辛亥革命社会活动家。曾任国立东南大学教授、孙中山秘书。被暗杀。

送铁崖归蜀次亚子韵

十载飘零客，天涯去住难。
一朝狮梦醒，身与国魂还。
怪僻时人亲，文章山鬼叹。
青春伴君去，临别意漫漫。

杨虎城

杨虎城（1893—1949），民国陕军将领。联合张学良发动“西安事变”，后被囚十二年。1949年于重庆被杀害。

丙寅六月朔日感时局

西北大风起，东南战血多。
誓摧铜马尽，还我旧山河。

男儿岂能老故乡

西北山高水又长，男儿岂能老故乡。
黄河后浪推前浪，跳上浪头干一场。

吴　宓

吴宓（1894—1978），字雨僧、玉衡，笔名余生。陕西泾阳人。毕业于清华大学和美国哈佛大学。任清华大学教授，清华大学国学院创办人之一。

西征杂诗

寒风瑟瑟夜难温，破屋无棚尚有门。
芦席土床随意寝，草烟马矢触人昏。
充肠幸得新炊饼，涤面唯余老瓦盆。
寄语京华游倦客，此间滋味已消魂。

大　劫

绮梦空时大劫临，西迁南渡共浮沉。
魂依京阙烟尘黯，愁对潇湘雾雨深。
入郢焚麋仍苦战，碎瓯焦土费筹吟。
唯祈更始全邦命，万众安危在帝心。

绝　句

渐能至理窥人天，离合悲欢各有缘。

侍女吹笙引凤去，花开花落自年年。

白　采

白采（1894—1926），原名童汉章，字国华，又名昭海。江西高安人。长期在上海任教。

古　意

朝卧东海滨，渺渺望涛痕。
荡风天边云，浩瀚闻微喧。
旭日不可见，跳足声暗吞。
暮立西海崖，潮高海水浑。
朱霞丽半天，照海天愈昏。
落日匿不见，披发心烦冤。
长啸一挥手，汩没踏鼍鼋。
谁能投邓林，足底千澜翻。
逐此西飞日，扶桑犹可援。

忆花诗（二首）

一

绕堤重问旧游园，指点珠尘当宛存。
门外如银满池水，匆匆曾照两眉痕。

二

琪花瑶草散如烟，一去箫声十五年。
莫向春波照双鬓，海山愁思正茫然。

胡先骕

胡先骕（1894—1968），字步曾，号忏庵。江西新建人。早年留学美国，回国后在北平创办静生生物研究所，研究遗世物种水杉。后任北京大学、北师大教授。

书　感

髫年负奇志，睥睨无比伦。
颇思任天下，衽席置吾民。
二十不得志，翻然逃海滨。
乞得种树术，将以疗国贫。
千山茂楩梓，万里除荆榛。
岂唯裕财用，治化从可臻。
乃今事攘夺，吾谋非所珍。
囊书意恻恻，归卧庐山春。

叶圣陶

叶圣陶（1894—1988），原名绍钧，字圣陶。江苏苏州人。早年以创作长篇小说《倪焕之》闻名。是我国著名的出版家、教育家。新中国成立以后，曾任全国政协副主席、全国文联副主席。

乐山寓庐被炸移居城外野屋

避寇七千里，寇至展高翼。
轰然乱弹落，焰红烟尘黑。
吾庐顿燔烧，生命在顷刻。
夺门循陋巷，路不辨南北。
涉江魂少定，回顾心怆恻。
嘉州亦清嘉，一旦成荒域。
焦骸互抱持，火墙欲倾侧。
酒浆与血流，街树烧犹直。
国人方同命，伤残如何极。
死者吾弟兄，毁者吾货殖。
惊讯晨夕传，深恨填胸臆。
吾庐良区区，奚遑复叹息。

今　见

来时霜橘拦街贱，今见榴花满树朱。

汉水蜀山行路远，江烟峦嶂寄廛孤。

情超哀乐三杯足，心有阴晴万象殊。

颇愧后方犹拥鼻，战场血肉已模糊。

自居乐山与上海诸友通信

岷畔邮书今满百，五年况味此泥鸿。
挑灯疾书残烧夜，得句遥怀野望中。
直以诸君为骨肉，宁知来日几萍蓬。
一书便作一相见，再托双鱼致百通。

自香港北上呈同舟诸公

南运经时又北游，最欣同气与同舟。
翻身民众开新史，立国规模俟共谋。
篑土为山宁肯后，涓泉归海复何求。
不贤识小原其分，言志奚须故自羞。

恽代英

恽代英（1895—1931），江苏武进人。中国共产党早期青年运动领导人之一。参加南昌起义和广州起义。1930年在上海被捕，次年4月在南京狱中被害。

狱中诗

浪迹江湖忆旧游，故人生死各千秋。
已摈忧患寻常事，留得豪情作楚囚。

冯友兰

冯友兰（1895—1990），字芝生，河南南阳人。哲学家，北京大学教授。

参加国际朱熹会议有感

白鹿薪传一代宗，流行直到海之东。
何期千载檀山月，也照匡庐洞里风。

题秦兵马俑博物馆

“民不敢言而敢怒”，秦关百二一时开。

骊山兵马军容盛，可向咸阳救火来。

张恨水

张恨水（1895—1967），原名心远。安徽潜山人。做过编辑、记者。著名章回小说家，也是鸳鸯蝴蝶派代表作家。

咏　史

六朝金粉拥千官，王气钟山日夜寒。
果有万民思旧蜀，岂无一士复亡韩。
朔荒秉节怀苏武，暖席清谈愧谢安。
为问章台旧杨柳，明年可许故人看。

健儿词

含笑辞家上马呼，者番不负好头颅。

一腔热血沙场洒，要洗关东万里图。

绝句（二首）

一

笑向菱花试战袍，女儿志比泰山高。
却嫌脂粉污颜色，不佩鸣鸾佩宝刀。

二

背上刀锋有血痕，更未裹剑出营门。
书生顿首高声唤，此是中华大国魂。

徐悲鸿

徐悲鸿（1895—1953），原名徐寿康，江苏宜兴人。中国现代画家、美术教育家。曾留学法国学西画，归国后长期从事美术教育，先后任教于国立中央大学艺术系、北平大学艺术学院和北平艺专。新中国成立以后，任中央美术学院院长。所作国画彩墨浑成，尤以奔马享名于世。

题画《古柏》

天地何时毁，苍然历古今。
平生飞动意，对此一沉吟。

题画《巴人汲水》

忍看巴人惯担挑，汲登百丈路迢迢。
盘中粒粒皆辛苦，辛苦还添血汗熬。

茅　盾

茅盾（1896—1981），原名沈德鸿，字雁冰，笔名茅盾、郎损、玄珠、方壁等。浙江桐乡人。北京大学毕业后，入商务印书馆工作。新中国成立以后，任国家文化部部长、中国作家协会主席。

无　题

偶遣吟兴到三秋，未许闲情赋远游。
罗带水枯仍系根，剑铓山老岂剸愁。
抟天鹰隼困藩溷，拜月狐狸戴冕旒。
落落人间啼笑寂，侧身北望思悠悠。

题高莽为我所画像

风雷岁月催人老，峻阪盐车未易攀。

多谢高郎妙花笔，一泓水墨破衰颜。

桂渝道中杂诗寄桂友

鱼龙曼衍夸韬略，吞火跳丸寿总戎。
却忆清凉山下路，千红万紫斗春风。

珍珠舞姬

回黄转绿幻霞光，宛约翩跹仪万方。
凤管徐随皓腕转，鹍弦偏逐细腰忙。
鲛人空洒千行泪，龙女还输一片香。
万顷洪波齐肃立，只缘妙舞有珠娘。

访肖邦故居

铜琶铁板谱兴替，一曲肖邦气为虹。
未许朱弦成绝响，争教翠黛失奇功。
丹心应喜归乐土，黑手安能抗大同。
细雨为膏润幼草，东风正劲压西风。

挽郑振铎

惊闻星陨值高秋，冻雨飘风未解愁。
为有直肠爱臧否，岂无白眼看沉浮。
买书贪得常倾箧，下笔浑如不系舟。
天吝留年与补过，九原料应恨悠悠。

读《稼轩集》

浮沉湖海词千首，老去牢骚岂偶然。
漫忆纵横穿敌垒，剧怜容与过江船。
美芹荩谋空传世，京口壮猷仅匝年。
扰扰鱼虾豪杰尽，放翁同甫共婵娟。

郁达夫

郁达夫（1896—1945），原名郁文，字达夫，幼名阿凤。浙江富阳人。新文学团体“创造社”发起人之一。

病中作

生死中年两不堪，生非容易死非甘。
剧怜病骨如秋鹤，犹吐青丝学晚蚕。
一样伤心悲命薄，几人愤世作清谈。
何当放棹江湖去，芦荻花间结净庵。

钓台题壁

不是樽前爱惜身，佯狂难免假成真。
曾因酒醉鞭名马，生怕情多累美人。
劫数东南天作孽，鸡鸣风雨海扬尘。
悲歌痛哭终何补，义士纷纷说帝秦。

乱离杂诗

又见名城作战场，事危累卵溃南疆。
空梁王谢迷飞燕，海市楼台咒夕阳。
纵欲穷荒求玉杵，可能苦渴得琼浆？
石壕村与长生殿，一例钗分惹恨长。

席间口占

醉拍阑干酒意寒，江湖牢落又冬残。
剧怜鹦鹉中洲骨，未拜长沙太傅官。
一饭千金图报易，五噫几辈出关难。
茫茫烟水回头望，也为神州泪暗弹。

初秋杂感

梧桐一叶海天秋，戎马江关客自愁。

五载干戈初定局，几人旗鼓又争侯。

须知国破家无寄，岂有舟沉橹独浮。

旧事崖山殷鉴在，诸公何计救神州？

新秋偶感

客里苍茫又值秋，高歌弹铗我无忧。
百年事业归经济，一夜西风梦石头。
诸葛居常怀管乐，谢安才岂亚伊周。
不鸣大鸟知何待，待溯天河万里舟。

顾　随

顾随（1897—1960），本名顾宝随，字美季，笔名苦水，别号驼庵，河北清河人。

开岁五日得诗之一

夜鹊南飞尚绕枝，人天心意两难期。
高原出水始何日，深谷为陵非一时。
故国旌旗长袅袅，小园岁月亦迟迟。
少陵已自伤摇落，却道深知宋玉悲。

徐志摩

徐志摩（1897—1931），浙江海宁人，原名章垿，字槱森，留学英国时改名志摩。用过的笔名：南湖、诗哲等。曾创立新月社，为新月派代表诗人。曾任北京大学教授。

清明雨中

檐溜潺潺插柳斜，异乡佳节不须夸。
暂时为客还飞客，此日离家总忆家。
听雨有愁宜中酒，寻春无梦到看花。
隔墙薄暮新烟起，暗减心情负岁华。

王统照

王统照（1897—1957），字剑三，笔名息庐、容庐。山东诸城人。1918年办《曙光》，曾任《文学》月刊主编，暨南大学、山东大学教授。

雪后闲步

冷落园林好，幽情欲语谁。
坠枝凝冻雪，薄霭淡残晖。
天地孤云回，苍茫肃气微。
蓦听征雁语，清泪点寒衣。

题自著《除夜》小说后

欲将人世魑魅影，写入毫端愧应难。
风雪凄迷岁已暮，河山璀璨梦中残。
哀时湘累愁独醒，托志虞初效古欢。
掷笔寒宵收涕泪，惊看月堕夜将阑。

潘天寿

潘天寿（1897—1971），早年名天寿，字大颐，自署阿寿、寿者。浙江宁海人。现代画家、教育家。其写意花鸟初学吴昌硕，后取法石涛、八大山人。新中国成立以后，曾任中国美术家协会副主席、浙江美术学院院长。

渡湘水

风裳水佩想依稀，云影烟光落画旗。
谁问九嶷青似昨，泪痕仍和万花飞。

过阳朔

征袍风雨太披猖，已上衡阳向贵阳。
十万峰峦齐点首，轻车无恙过潘郎。

朱自清

朱自清（1898—1948），原名自华，字佩弦，江苏扬州人。早年与俞平伯、叶圣陶等创办《诗》月刊。后任清华大学、西南联大等校教授。

有　感

垂髫逢鼎革，逾壮尚烟尘。
翻覆云为雨，疮痍越共秦。
坐看蛇豕突，未息触蛮嗔。
沉吟当春日，行为离乱人。

遐想得句，爱足成之

宵分万籁静，月朗数枝稀。
翠袖当风倚，清言碎玉霏。
只缘心似水，岂畏露沾衣？
到此无人我，凭君漫是非。

怀南中诸旧游

古抱当筵见，豪情百辈输。
莳花春永在，好客酒频呼。
鞮译勤铅椠，江湖忘有无。
别来尤苦忆，风味足中厨。

小孤山

听风听水梦微醒，漠漠长天昼欲暝。
六翮浮沉云外影，一山涌现眼中青。
娉婷应惜灵肩瘦，飘拂微闻翠发馨。
廿载别来无恙否，两髦今已渐凋零。

圣陶为言今年少城公园海棠甚盛，恨未及观。適公权见和之作，有“各自看花一畅颜”语，再叠前韵奉答，并示圣陶

闭门拚自守穷悭，车马街头任往还。
春讯委蛇来有脚，忧端澒洞欲齐山。
城南锦帐空传道，西蜀名花付等闲。
苦忆旧都三四月，几回绕树笑酡颜。

公权有诗见示依韵奉酬

卅年今见海扬尘，劫里凭谁问果因。

猿鹤沙虫应定分，白云苍狗漫疑真。

荆榛塞眼不知路，风雨打头宁顾身？

安得巨灵开世界，再抟黄土再为人。

赠子恺（二首）

一

千里浮萍风聚叶，十年分袂雪盈颠。
关河行脚停辛苦，赢得飘髯一飒然。

二

执手相看太瘦生，少年意气比烟轻。
教鞭画笔为糊口，能值几钱世上名。

田　汉

田汉（1898—1968），原名寿昌，笔名田汉、陈瑜、伯鸿、汉儿倚声、首甲等。湖南长沙人。中国现代戏剧奠基人之一。新中国成立以后，曾任中国文联副主席、中国戏剧家协会主席。早年创作的《义勇军进行曲》，成为中华人民共和国国歌。

入　狱

平生一掬忧时泪，此日从容作楚囚。
安用螺纹留十指，早将鸿爪付千秋。
娇儿且喜通书字，剧盗何妨共枕头。
极目风云天际恶，手扶铁槛使人愁。

狱中怀安娥

昔年仓促学逃亡，海上秋风客梦长。
斗室几劳明月访，孤衾常带紫薇香。
君因爱极翻成恨，我亦柔中颇带刚。
欲待相忘怎忘得，声声新曲唱渔光。

一九三六年出狱闻聂耳在日本千叶海边溺死

一系金陵五月更，故交零落几吞声。
高歌正待惊天地，小别何期隔死生。
乡国只今沦巨浸，边疆次第坏长城。
英魂应化狂涛返，重与吾民诉不平。

扬州观剧后归还长江

十访扬州卅载中，几回京口夕阳红。
听箫绝爱西湖瘦，试剑何如北固雄！
此日金焦拳击岸，当时青白锦包龙。
长江千古浓如乳，哺育吾民到大同。

新会纪游之崖山怀古

云低岭暗水苍茫，此是崖山古战场。
帆影依稀张鹄鹞，潭声仿佛斗豺狼。
艰难未就中兴业，慷慨犹增百代光。
二十万人齐殉国，银湖今日有余香。

丰子恺

丰子恺（1898—1975），原名润，又名仁、仍，号子觊，后改为子恺，笔名TK。浙江嘉兴人，师从弘一法师（李叔同），诗书画同修。新中国成立以后，任上海中国画院院长、中国美术家协会上海分会主席。

避寇中作

昨夜春风上旅楼，飘然吹梦到杭州。
湖光山色迎人笑，柳舞花飞伴客游。
画阁玲珑歌舞地，笙歌婉转太平讴。
平湖角鼓催人醒，行物萧条一楚囚。

避寇萍乡代女儿作

儿家原住古钱塘，也有朱栏映粉墙。
三五良宵团聚乐，春秋佳日嬉游忙。
清平未识流离苦，生小偏遭破国殃。
昨夜客窗春梦好，不知身在水萍乡。

翦伯赞

翦伯赞（1898—1968），湖南桃源人。著名历史学家，教育家。曾任燕京大学教授，北京大学教授、副校长。

一九六二年春偕陶白同志游扬州谒史可法墓

三月杨花扑面迎，我来万里吊英灵。
当年烽火连淮泗，此日笙歌遍广陵。
竹帛千篇书大节，英雄百战死孤城。
腥风血雨埋冠剑，二十四桥月不明。

题昭君墓（三首）

一

旗亭历历路茫茫，风雪关山道路长。
莫道蛾眉无志气，不将颜色媚君王。

二

黑河青冢两悠悠，千古诗人泪不收。
不信汉宫花万树，昭君一去便成秋。

三

汉武雄图载史篇，长城万里遍烽烟。
何如一曲琵琶好，鸣镝无声五十年。

瞿秋白

瞿秋白（1899—1935），本名双，后改瞿爽、瞿霜，字秋白，江苏常州人。中国共产党早期主要领导人之一。1935年在福建长汀就义。

红梅阁

出其东门外，相将访红梅。
春意枝头闹，雪花满树开。
道人煨榾柮，烟湿舞徘徊。
此中有至境，一一入寒杯。
坐久不觉晚，瘦鹤竹边回。

江南第一燕

万郊怒绿斗寒潮，检点新泥筑旧巢。

我是江南第一燕，为衔春色上云梢。

梦 回

山城细雨作春寒，料峭孤衾旧梦残。
何事万缘俱寂后，偏留绮思绕云山。

无　题

斩断尘缘尽六根，自家且了自家身。

欲知治国平天下，原有英雄大圣人。

闻一多

闻一多（1899—1946），本名闻家骅，字友三。湖北浠水人。中国民主同盟早期领导人，新月派代表诗人、学者。毕业于清华大学，留学美国。后任清华大学中文系教授。1946年在云南昆明被特务暗杀。

释 疑

艺国前途正杳茫，新陈代谢费扶将。
城中戴髻高一尺，殿上垂裳有二王。
求佛岂堪争弃马，补牢当可救亡羊。
神州不乏他山石，李杜光芒万丈长。

废旧诗六年矣。复理铅椠，纪以绝句

六载观摩傍九夷，吟成鴃舌总猜疑。

唐贤读破三千纸，勒马回缰作旧诗。

月夜遣兴

二更漏尽山吐月，一曲玉箫人倚楼。
为怕海棠偷睡去，多心蟋蟀鸣不休。

方志敏

方志敏（1899—1935），江西弋阳人，闽、浙、皖、赣革命根据地的创建者。曾任中华苏维埃共和国中央主席团委员、北上抗日先遣队总司令。行军途中不幸被俘入狱，在狱中坚贞不屈，写下了《可爱的中国》《清贫》等名作。1935年英勇就义。

无　题

雪压竹头低，低下欲沾泥。
一朝红日起，依旧与天齐。

游国恩

游国恩（1899—1978），字泽承。江西临川人，北京大学教授。毕生从事教学和学术研究。

偶　成

明月当空宿鸟栖，疏棂了了作町畦。
九天杀气冲牛斗，万窍秋声入鼓鼙。
蚁战方酣槐里梦，蝇营争转瓮中醯。
眼前忽起无穷恨，残夜低徊意转迷。

张大千

张大千（1899—1983），四川内江人，祖籍广东番禺。中国著名画家、书法家。20世纪50年代，张大千游历世界，获得巨大的国际声誉，被西方艺坛赞为“东方之笔”。

题《荷花图》

明月曾呼白玉盘，乡情更照玉阑干。
香吹一夜西风满，水殿薄衣讶许寒。

题《春风燕子图》

梅花落尽杏成围，二月春风燕子飞。
半世江南图画里，而今能画不能归。

老　舍

老舍（1899—1966），原名舒庆春，字舍予，北京人。以京味戏剧《茶馆》等名世。新中国成立以后，任全国文联副主席、中国作家协会副主席、北京市文联主席。1966年“文革”受残酷迫害，投湖自尽。

流　亡

弱女痴儿不解哀，牵衣问父去何来？
话因伤别潸应泪，血若停流定是灰。
已见乡关沦水火，更堪江海逐风雷。
徘徊未忍道珍重，暮雁声低切切催。

北行小诗

二载流离苦，飘飘梦落花。
停车频买酒，问路倍思家。
尘重知城大，天长盼日斜。
何时平寇乱，茅屋味清茶。

乡 思

茫茫何处话桑麻，破碎山河破碎家。
一代文章千古事，余年心愿半庭花。
西风碧海珊瑚冷，北岳霜天羚角斜。
无限相思秋日晚，夕阳白发待归鸦。

黄山松

险处悠然见老松，黄山奇矣复从容。

枝横绝壁根穿石，上舞飞莺下卧龙。

云海去来含翠影，霜天今古立青峰。

三冬雪后寒风急，奋战丛针寸寸锋。

四

劝君莫话平生事，尘景回看也寂寥。

何限浮屠三宿愿，石桥重见晚来潮。

五

才到中年改鬓丝，秋深髡柳未堪悲。

海河欲暝风如剪，独有寒沙动客衣。

六

换却巢痕燕子泥，凭栏人阻风城西。

吟情孤迥成无奈，容易街灯照晚齐。

楝　花

天气清和四月中，门前吹到楝花风。
南来初识亭亭树，淡紫花开细叶浓。

詹安泰

詹安泰（1902—1967），字祝南，号无庵。广东饶平人。一生从事古典文学研究和教学，曾任中山大学等校教授。

初　晴

初晴微吐山，灵鸟鸣山南。
一蝉与之和，流韵各清酣。
奇树花须绕，石笋镜心涵。
浮光穿梳棂，老气越穷檐。
仰天一长啸，仙云覆二三。

王昆仑

王昆仑（1902—1985），江苏无锡人。早年参加“五四”运动，并从事革命工作，新中国成立以后，任中国国民党革命委员会副主席、主席，全国政协副主席。

观日本华严泷大瀑布

华严名瀑下重峦，白练垂空信壮观。
注壑千寻鸣巨吼，出山一泻作洪澜。
源高何虑前途远，流急方知返顾难。
入海成江从此去，清波万里任人看。

书　愤

轰雷烈火斗激昂，写到英雄字亦香。

大学抗争齐奋臂，黑人流血痛肝肠。

难寻画笔描形象，恨不拔枪护重伤。

尚有余情爱红叶，秋深明艳向朝阳。

胡　风

胡风（1902—1985），原名张光人，笔名谷非、高荒、张果等。湖北蕲春人。现代文艺理论家。曾任中国文联第四届委员、中国作协顾问等。

从蕲春回武汉船上

剩有悲怀对夜空，一天冷雨一船风。
夹江灯火明于烛，碧血华筵照不同。

悼念鲁迅先生

耻笑玲珑能八面，敢收盘错对千端。
园中有土堪栽豆，朝里无人莫告官。
一树苍松千载劲，漫天大雪千家寒。
难熬长夜听狐鬼，慢煮乌金铸莫干。

韦素园

韦素园（1902—1932），安徽霍邱（今六安市）人。早年参加革命。英年早逝，鲁迅悼曰："素园逝去，实足哀伤，有志者入泉，无为者住世，岂佳事乎。"

赠　侄

几年病里卧京华，往事已非愿亦差。

一志未衰犹望汝，百年伟业映支那。

苏步青

苏步青（1902—2003），浙江温州平阳人，祖籍福建泉州市。著名数学家、教育家，中国微分几何学派创始人。新中国成立以后，任中国科学院院士，复旦大学校长、教授。

中秋寄怀台湾诸亲友

河淡星稀夜色幽，一年佳节又中秋。
共看明月思千里，欲御长风行九州。
丹桂无因栽玉宇，嫦娥何事在琼楼。
会当携手团圆聚，销却年年两地愁。

台静农

台静农（1903—1990），本姓澹台，字伯简，原名传严，改名静农，安徽霍邱（今六安市）人。早年系“未名社”成员。曾先后执教于辅仁、齐鲁、山东、厦门诸大学及四川江津女子师范学院，后为台湾大学教授。

孤　愤

孤愤如山霜鬓侵，青灯浊酒夜沉沉。
长门赋卖文章贱，吕相书悬天下喑。
万里烽烟萦客梦，一庐风雨证初心。
推尊将欲依山鬼，云乱猿愁落木森。

冯雪峰

冯雪峰（1903—1976），原名福春，笔名雪峰、画室、洛阳等，浙江义乌人。1928年结识鲁迅，编辑出版《萌芽》月刊，编辑“科学的艺术论丛书”。新中国成立以后，任人民文学出版社社长兼总编辑、《文艺报》主编。

探　日

夸父欲探日出处，即行与日竞奔波。
直到旸谷飞长腿，不惜身躯掷火涡。
饮尽渭黄不止渴，再趋北泽死其阿。
英雄建业多如此，血汗曾流海不过。

聂绀弩

聂绀弩（1903—1986），曾用笔名耳耶、二鸦、箫今度等，湖北京山人。1924年考入黄埔军校第二期。1925年考入莫斯科中山大学。“九一八”事变后，先后在上海、汉口、桂林、重庆等地当报刊编辑。新中国成立以后，任中南区文教委员会委员、香港《文汇报》总主笔，后任人民文学出版社副总编辑。

挑　水

这头高便那头低，片木能平桶面漪。
一担乾坤肩上下，双悬日月臂东西。
汲前古镜人留影，行后征鸿爪印泥。
任重途修坡又陡，鹧鸪偏向井边啼。

惊闻海燕之变后又赠

愿君越老越年轻，路越崎岖越坦平。

膝下全虚空母爱，心中不痛岂人情。

方今世面多风雨，何止一家损罐瓶。

稀古妪翁相慰乐，非鳏未寡且偕行。

放　牛

生来便是放牛娃，真放牛时日已斜。
马上戎衣天下士，牛旁稿荐牧夫家。
江山雨过牛鸣赏，人物风流奏笛夸。
苏武牧羊牛我放，共怜芳草各天涯。

钟敬文

钟敬文（1903—2002），广东海丰人。北京师范大学教授、中文系主任。

秋 怀

炎虎当秋正逼人，塘芦忽见白头新。
风酣待听千林叶，世变难为一室春。
孰使连城喑鼓角，未妨遥夜望星辰。
伤秋岂是平生意，剧乱心长特苦辛。

重阳感怀广州旧友

净扫妖氛得小休，清欢曾结白云游。
别来直见魔山倒，回首方惊岁月流。
梦里霞光珠海路，望中风色苏门秋。
耽诗老去终何补，万艳千奇笔未收。

郭化若

郭化若（1904—1995），福建福州人。早年参加革命。新中国成立以后，任中国人民解放军军事科学院副院长。

重到惠州有感

卅五年前往事浮，戎衣骨立戍清秋。
荒城梦断三山咽，落月魂消二水流。
投笔寸心寻玉杵，荷戈斗胆碎金瓯。
数来多少英雄血，开遍红花改九州。

出外长城

长城北出越雄关，自笑书生纸上谈。
李牧出奇寒敌胆，窦军勒石壮燕然。
和亲自古非良策，出塞于今有美传。
遥望阴山千里浪，胡笳羌笛未阑珊。

缪　钺

缪钺（1904—1995），江苏溧阳人。长期任四川大学历史系教授。

游贤首山

丘壑夙所钦，登陟不辞倦。
稚松高下生，远岭参差见。
岩卉难强名，溪鹅自相唤。
峰回径转幽，古寺立山半。
景物忆香山，猖獗伤胡乱。
燕都已膻腥，河朔疲征战。
匡夏望夷吾，避地哀王粲。
振衣立孤顶，壮志凌霄汉。
便须斩鲸鲵，安能事笔砚。

赠别叶嘉莹教授

相逢倾盖许知音，谭艺清斋意万寻。
锦里草堂朝圣日，京华北斗望乡心。
词方漱玉多英气，志慕班昭托素襟。
一曲骊歌芳草远，凄凉天气又轻阴。

常任侠

常任侠（1904—1996），安徽颍上人。主要从事东方艺术史研究，中国艺术史创办人之一。新中国成立以后，任中央美术学院教授。

腊月十五生日望月

皎皎寒宵月一轮，碾冰为魄玉为神。
清晖照世常随我，对影孤吟幸有君。
沐发东临沧海水，振衣西度雪山云。
嫦娥何事偷灵药，自具金刚不坏身。

魏文伯

魏文伯（1905—1987），湖北黄冈人。新中国成立以后，任国家司法部部长。

重阳思家

一番秋雨一番凉，万木萧萧落叶黄。
群雁南归明月夜，一年一度又重阳。

臧克家

臧克家（1905—2004），曾用名臧瑗望，笔名少全、何嘉。山东诸城人。新中国成立以后，任中国作家协会《诗刊》主编。

寄陶钝同志

碧野桥东陶令身，长红小白作芳邻。

秋来不用登高去，自有黄花俯就人。

楼适夷

楼适夷（1905—2001），浙江余姚人。早年参加革命，新中国成立以后，任人民出版社副总编辑、顾问。

仙人球

寂寂庭前性自幽，块然不与众芳侔。
从无媚骨亲流俗，赖有锋棱辟寇仇。
鳞角岂求供识赏，鸡虫孰敢相躏蹂。
奇花一日乘仙去，独鹤翩翩云上游。

石凌鹤

石凌鹤（1906—1995），原名石联学，字时敏，江西乐平人，剧作家。新中国成立以后，任江西省文化局长、省文联主席等。

中秋之夜

今夜亡妻又入梦，惊回圆月半窥窗。
秋虫细语相嘲弄，窃笑诗人踱石廊。
夜长怎得到天明，独对昏灯诗寄情。
重梦伊人还就枕，奈何依旧豁双睛。
嫦娥笑依天阶月，半怯清寒半怯羞。
羡煞人间欢乐也，问君今夜怎生愁。

自题手杖

庐山买得便宜货，小做加工不琢磨。

且喜曲中常有直，杖它指点好山河。

溥　仪

溥仪（1906—1967），姓爱新觉罗，即清宣统帝。1911 年辛亥革命后退位。获政府特赦后，1964 年任全国政协委员。

遇赦回京

京华不是旧京华，莫向东陵问种瓜。
三十五年归故国，春风吹入帝王家。

王季思

王季思（1906—1996），又名王起。浙江永嘉人。长期任中山大学教授。

选注《聊斋志异》书成志感

香消酒醒不成词，几卷聊斋寄梦思。
孤愤满腔何处诉？秋灯照见鬼擎旗。

李少石

李少石（1906—1945），原名国俊，又名振，字默农，少石是在重庆工作时的化名。广东新会人。曾任中国工人通讯社英文翻译、重庆《新华日报》记者。

寄　内

一朝分袂两相思，何日归来不可期。
岂待途穷方有泪？也惊时难忍无辞。
生当忧患原应尔，死得成仁未足悲。
莫为远人憔悴尽，阿湄犹赖汝扶持。

萧　军

萧军（1907—1988），辽宁义县人。早年参加革命文艺运动。以长篇小说《八月的乡村》名世。新中国成立以后，任北京市作家协会副主席。

老枣树

铁骨杈枒托地坚，风风雨雨一年年。
秋来结子红于锦，何与闲花斗嫱妍？

镜湖吟草

镜湖仙子试新妆，翠羽明珠碧玉珰。
雾縠冰绡笼素体，红绫绣襦曳罗裳。
夙传汉水曾留佩，安得虹桥一解囊。
午夜遥听风过树，遐思渺渺怅茫茫。

齐燕铭

齐燕铭（1907—1978），曾用名齐振勋、齐震、田在东，笔名齐鲁、叶之余等。北京人。京剧《逼上梁山》的编导。新中国成立以后，任国家文化部副部长。

致　妻

禁营霜气夜凄凄，风动窗棂月向低。
梦绕云山心似鹿，魂惊汤火命如鸡。
献身革命期吾子，慰藉桑榆愧老妻。
纵使生还脱胎骨，沉舟病树夕阳西。

赵朴初

赵朴初（1907—2000），安徽太湖人。著名的社会活动家。新中国成立以后，任中国佛教协会会长、中国佛学院院长、全国政协副主席。

过瓯江

欹帆侧舵夺中流，人立波涛怒打头。
阔水高山千里过，更乘风浪下温州。

灵鹫山

群峰环抱认灵山，不尽云泉日往还。
恍似法筵犹未散，潮音花雨满人间。

题吴作人画鹰

敛翼立千仞，凝目视万里。
气雄岳并尊，意远海难比。
苍鹰画作殊，素练风霜起。

廖沫沙

廖沫沙（1907—1991），湖南长沙人，原名廖家权，笔名繁星。早年在上海参加“左联”，后在桂林《救亡日报》、香港《华商报》、重庆《新华日报》工作。20世纪60年代，与邓拓、吴晗写作《三家村札记》而被打成“三家村反党集团”。

挽邓拓

岂有文章倾社稷，从来佞幸覆乾坤。
巫咸遍地逢冤狱，上帝遥天不忍闻。
海瑞罢官成惨剧，燕山吐凤发悲音。
毛锥三管遭横祸，我欲招魂何处寻？

阿　垅

阿垅（1907—1967），又名亦门，原名陈守梅。浙江杭州人。长期从事文艺活动。

接　书

谁与苍凉话一生，落花风雨路中行。
抱持白璧臣非罪，痛悼蓝田孰有情。
红叶已成秋色尽，绿珠犹作泪光盈。
自从地老天荒后，清啸空山阮步兵。

陶　铸

陶铸（1908—1969），又名陶际华，号剑寒，化名陶磊，湖南祁阳人。新中国成立以后，任国务院副总理。

大洪山打游击

寇深日亟已无家，策马洪山踏月斜。
风自寒人人自瘦，拚将赤血灌春花。

赠曾志

重上战场我亦难，感君情厚逼云端。
无情白发催寒暑，蒙垢余生抑苦酸。
病马也知嘶枥晚，枯葵更觉怯霜残。
如烟往事俱忘却，心底无私天地宽。

吴世昌

吴世昌（1908—1986），字子臧，浙江海宁人。以红学研究著称。新中国成立以后，任中国社会科学院研究员、全国人大常委。

冬早东城待燕京校车

城闭千门我自归，朝寒重叠路人稀。
街因寥廓车偏响，灯到残宵光更微。
曙色还连枯树远，炊烟初逐早乌飞。
贪看落月天边白，不觉繁霜欲上衣。

董每戡

董每戡（1907—1980），浙江温州人。曾任金陵女子文理学院教授，长期任中山大学教授。

彷　徨

书生积习总难忘，酒后常疏戒履霜。
长日空怀心耿耿，连宵深悔视茫茫。
浮名已为多言误，大错宁成致命伤。
枕上排愁歌代哭，群蛙声里起彷徨。

胡国瑞

胡国瑞（1908—1998），号芝湘。湖北当阳人。长期任武汉大学教授。

秦坑兵马俑

三山灵药竟无成，还向泉关藏甲兵。
应是惊魂萦柱后，更防幽殿出荆卿。

周立波

周立波（1908—1979），原名周绍仪。湖南益阳人。曾在延安鲁艺任教，新中国成立以后，任全国政协委员、全国人大代表、全国文联委员。

访问油田

头顶青天下莽原，雄英奋力觅油源。
“两论”有灵排万难，三军无敌辟千田。
井场遍地金星灿，钻塔凌空玉露连。
最喜此间成就日，又向他乡索大年。

歌唱新的长征

五十年来战斗中，硝烟烈焰漫长空。
山河抹去原模样，铁马金戈再建功。

钱仲联

钱仲联（1908—2003），字萼孙。江苏常熟人。长期任苏州大学教授。

闻平型关大捷喜赋

垂天绛霓下雄关，捷报传来一破颜。
出手便翻三岛日，挥戈欲铲万重山。
笼东诸将应知愧，逐北孤军誓不还。
我病捶床犹起舞，长城赤纛梦中攀。

苏仲翔

苏仲翔（1908—1995），一名渊雷，别号钵翁。浙江平阳人。长期任华东师范大学教授。

秋日上雁峰寺

千里潇湘夕照红，南来白雁又西风。
影翻落木摇秋水，声入寒笳动远空。
戎马关山犹未定，龙蛇世界孰称雄？
由来青史难凭信，不为苍生莫论功！

松花江畔晚眺

松花落日晚霞明，浴物澄心彻底清。
入画长桥天共远，迷花翠屿浪初平。
浮云上下古今意，流水东西南北情。
著我劳生何处是，笑看辽鹤一身轻。

吴　晗

吴晗（1909—1969），原名吴春晗，字伯辰，笔名语轩、酉生等，浙江义乌人，历史学家。曾任西南联合大学、清华大学教授。著有新编历史剧《海瑞罢官》。新中国成立以后，任北京市副市长。

感　事

阴风起地走黄沙，战士何曾有室家。
叱咤世惊狮梦醒，汤除人作国魂夸。
烦冤故鬼增新鬼，轩轾南衙又北衙。
翘首海东烽火赤，小朝廷远哭声遮。

钱锺书

钱锺书（1910—1998），原名仰先，字哲良，后改名锺书，字默存，号槐聚，曾用笔名中书君。生于江苏无锡。留学英国牛津大学，新中国成立以后，任中国社科院研究员、副院长。著有《谈艺录》《管锥篇》和长篇小说《围城》等。

草山宾馆作

空明丈室面修廊，睡起凭栏送夕阳。
花气侵身风入帐，松声通梦海掀床。
放慵渐乐青山静，无事方贪白日长。
佳处留庵天倘许，打钟扫地亦清凉。

再答叔子

四劫三灾次第过，华年英气等销磨。
世途似砥难防阱，人海无风亦起波。
不复小文供润饰，倘能老学补蹉跎。
鬓青头白存诗句，卅载重拈为子哦。

有　感

穷而益脆岂能坚，敢说春秋备责贤。
腰折粗官五斗米，身轻名士一文钱。
踏空不着将何去，得饱宜飏却又还。
同妾语传王百谷，哀矜命薄我犹怜。

沈祖棻

沈祖棻（1909—1977），字子苾，江苏苏州人。一生攻诗词，曾任武汉大学教授。

优诏

作赋传经迹总陈，文章新变疾飙轮。
抛残旧业犹分俸，卖尽藏书岂为贫。
自昔圣朝无弃物，毕生心力误词人。
从来雨露多沾溉，盛世欣容作逸民。

叶 紫

叶紫（1910—1939），原名余鹤林，又名余昭明、汤宠。湖南益阳人。现代剧作家、小说家。

赠古渡头老渡夫

经年风雪鬓毛灰，放荡江湖一酒杯。
苦煞夜寒更漏永，隔河人把渡船催。

姚雪垠

姚雪垠（1910—1999），河南邓县人。以长篇小说《李自成》名世。新中国成立以后，任湖北省文联主席。

辞　岁

又是一年辞旧岁，银灯白发醉颜红。
幸无每饭三遗矢，尚有平生百练功。
手底横斜蝇首字，心头起伏马蹄风。
壮怀常伴荒鸡舞，寒夜熟闻关上钟。

公　木

公木（1910—1998），原名张永年，又名张松甫、张松如，笔名公木、木农等。河北束鹿（今辛集市）人。学生时代，即投身革命活动。新中国成立以后，任吉林大学副校长、中国作家协会吉林分会主席。《中国人民解放军进行曲》词作者。

大千世界镂诗心

胸中焰火吐氤氲，浊地清天变古今。
可上九霄摇月桂，便游四海捋蛟鳞。
报春不伴游人赏，噫气常随知己嗔。
第二自然凭手造，大千世界镂诗心。

归来阶下作囚人

其长其短杳无音，我欲将头撞帝阍。
为问苍天可有眼，复呼大地岂无心。
假真真假凭罗织，非是是非靠引申。
弹雨枪林穿过了，归来阶下作囚人。

答友人

大道条条绕地轴，人生各自有千秋。
风云变色由龙虎，案牍劳形作马牛。
非利非名谁浪费，唯君唯我任风流。
打开书篓抓耗子，好汉从不皱眉头。

文怀沙

文怀沙（1910—2018），号燕叟，生于北京，祖籍湖南。曾任人民文学出版社编辑。

诗两首

一

昨夜分明梦见之，碧纱窗外雨丝丝。
悄看玉镜相逢晚，黯对金樽欲语迟。
终是骄矜终是怯，故应憔悴故应痴。
春风又拂谁家院，秾李夭桃自入时。

二

萧郎去后小桥东，依旧帘栊曲曲通。
深巷不留车马住，中庭已分屐裙空。
羿妃得药宁奔月，嬴女能仙谁御风。
填海精禽终负负，前尘影事太迷蒙。

周振甫

周振甫（1911—2000），浙江平湖人。长期任中华书局编审。

寄叶圣陶先生乐山

西征万里气如虹，未扫胡尘肯复东。
到处迎逢争欲识，几方罗致竞先容。
文章已擅千秋业，桃李今开一帐风。
天遣杜陵诗笔健，饱经离乱入川中。

呈夏丏尊先生

江南祭酒今谁属，域外名贤苦见寻。
东莞高风留梵宇，香山雅望重鸡林。
翻经事业推能手，疾世襟怀见素心。
留取艰贞傲岁晚，松姿未许雪霜侵。

何之硕

何之硕（1911—1990），江苏嘉定（今上海市）人。曾任中央大学教授、南方大学教务长。新中国成立以后，任青海西宁市政协常委。

论 书

兰亭皮相薄华亭，行楷翩翩腕力轻。
老缶有心匡俗弊，篆情草意写心灵。
唐人楷法重欧虞，柳骨颜筋说亦迂。
漫向迷津求宝筏，取神遗貌是通途。

曹溪禅院访智果上人

曲港收帆处，寺门几度经。
岸平潮暗长，树密雨初停。
坏壁佛含笑，残钟客惯听。
禅房荒翠里，倦眼为谁青。

芦　荻

芦荻（1912—1994），原名陈培迪。广东南海人。新中国成立以后，任暨南大学教授、广东省文联委员。

湘北南县途中即兴（二首）

一

十里荷塘夕照边，白云垂柳映吟鞭。
马蹄起处烟波落，菱荇西风漾钓船。

二

西风无恙几人家，看尽荷花又荻花。
垂柳漫萦征客棹，斜阳天外映寒沙。

王辛笛

王辛笛（1912—2004），原名馨笛。祖籍江苏淮安，生于天津。早年留学英国。新中国成立以后，任上海作家协会副主席、上海市政协特约编译。

自　况

秋雨飘潇湿后知，分明非梦亦非痴。
慵寻红叶题新句，伫看青虫吐绪丝。
哀乐直同云过隙，缠绵却在夜回时。
才情准拟当年减，锦瑟无端顾已迟。

箫　心

箫心剑气两无端，况是筵间酒近阑。
芳草应怜文字累，晚晴教悟色空观。
生能广乐缘知足，志果求真在破难。
往日悠悠诚自扰，人间兰艾不同看。

何其芳

何其芳（1912—1977），四川万县（今重庆万州）人，现代诗人。北京大学毕业后到延安鲁迅艺术学院任教。曾任中国社科院文学研究所所长。

月　光

月光如水复如烟，似可乘流直上天。
一曲高歌人不见，萧萧木叶下楼前。

自　嘲

慷慨悲歌对酒初，少年豪气渐消除。
旧朋老去半为鬼，安步归来可当车。
大泽名山空入梦，薄衣菲食为收书。
如何绿耳志千里，翻作白头一蠹鱼。

文家驹

文家驹（1912—1996），湖南醴陵人。长期从事教育工作。新中国成立以后，任岳阳师专校长。

长沙大火

三月咸阳读史嗟，今宵亲见毁长沙。
将军抗战多良策，一炬成灰十万家。

战后还都

才喜平夷奏凯歌，忽惊同室又操戈。

沙场未掩征人骨，四海疮痍涕泪多。

邓 拓

邓拓（1912—1966），原名邓子健，笔名马南邨、邓云特，福建闽侯人。曾任《晋察冀日报》社长兼总编辑。新中国成立以后，任《人民日报》社长、总编辑，中共北京市委书记处书记。有《燕山夜话》等存世。

书 城

两间憔悴一儒生，长对青灯亦可惊。
不卜文章流海内，莫教诗酒误虚名。
得侔前辈追真意，便是今生入世诚。
白眼何妨看俗伧，幽怀默默寄书城。

《晋察冀日报》终刊

毛锥十载写纵横，不尽边疆血火情。
故国当年危累卵，义旗直北控长城。
山林肉满胡蹄过，子弟刀环空巷迎。
战史编成三千页，仰看恒岳共峥嵘。

留别《人民日报》诸同志

笔走龙蛇二十年，分明非梦也非烟。
文章满纸书生累，风雨同舟战友贤。
屈指当知功与过，关心最是后争先。
平生赢得豪情在，举国高潮望接天。

颂山茶花

红粉凝脂碧玉丛，淡妆浅笑对东风。

此生愿伴春长住，断骨留魂证苦衷。

访郑板桥故居

歌吹扬州惹怪名，兰香竹影伴书声。
一枝画笔春秋笔，十首道情天地情。
脱却乌纱真面目，泼干水墨是平生。
板桥不在虹桥在，无数青山分外明。

林默涵

林默涵（1913—2008），原名林烈。福建武平人。毕业于延安马列学院。新中国成立以后，任国家文化部副部长、中共中央宣传部副部长。

秋日登临

客中病起上高台，秋入江南草半衰。
燕市云浓家不见，长江水远雁稀来。
篱边菊笑陶公醉，泽畔歌吟屈子哀。
人说丰城藏剑地，青锋何日出尘埋？

夜读史

春宵漠漠一灯残，展卷浑忘破晓寒。
百代绮罗余寂寞，万重金粉尽阑珊。
诗怀有忿和忧写，青史无情带笑看。
动地荒鸡鸣大野，攀天硕鼠泣危竿。

题小照

炎凉历尽复何求，默坐烟郊对老牛。
风雪十年罹浩劫，江流九派洗沉忧。
岂无黄土埋忠骨，自有青山伴白头。
远望隔江垂暮色，夕阳红破一天秋。

唐　弢

唐弢（1913—1992），原名唐端毅，曾用笔名风子、晦庵、韦长、仇如山、桑天等，浙江镇海县（今宁波市）人。鲁迅研究家和文学史家，新中国成立以后，任上海作家协会副主席、中国社会科学院文学研究所研究员。

庐　山

辜负平生八尺男，匡庐奇迹病中探。
行临大壑谁云悸，坐对名山我自惭。
窗下溪声疑夜雨，林间月色幻晴岚。
欲寻太白读书处，只恐诗人醉正酣。

杨　朔

杨朔（1913—1968），原名杨毓瑨。山东蓬莱人。作家。新中国成立以后，任新华社记者。

山水吟

半雨半晴半暖时，一峰一水一囊诗。
搜寻总得千万句，难写桂林绝世姿。

程千帆

程千帆（1913—2006），原名会昌。湖南宁乡人。长期任教，担任武汉大学、南京大学教授。

重到金陵赋呈诸老

少年歌哭相携地，此日重来似隔生。
零落万端遗数老，殷勤一握有余惊。
金縢昔叹伤谣诼，玉步今知屡窜更。
欲起故人同举酒，夜台终恐意难明。

石林有一岩，极类阿诗玛头像，因题绝句

不负当年缱绻心，苔衣犹染泪痕深。

钟情万古阿诗玛，永葆青春住石林。

陈迩冬

陈迩冬（1913—1990），原名陈钟瑶。广西桂林人。新中国成立以后，任人民出版社编辑，中央美术学院、中国人民大学教授。

为日本书法展作

藤原诗帖写花唇，似听流莺报好春。
晋骨唐肌真绝世，千秋薪火有传人。

蔡天心

蔡天心（1915—1983），原名蔡国政。辽宁沈阳人。新中国成立以后，任吉林大学教授、东北文联秘书长。

龙首山下隐居

梦回烟雨隔寰尘，几度伤心幻作春。
铁岭逶迤连塞漠，银川浩渺向辽津。
美景何曾添乐事，良辰未必有佳宾。
天寒日暮霜风紧，怅对西山倍觉亲。

萧　华

萧华（1916—1985），江西兴国人。土地革命时期任“少共国际师”政委，开国上将。新中国成立以后，任解放军总政治部主任。

忆少共国际师

少年有志报神州，一万虎犊带吴钩。
浴血闽赣锐无敌，长征路上显身手。
卷地狂飙不畏死，几战蒋军落旌头。
长忆少共国际师，队队新兵看不休。

王达津

王达津（1916—1997），北京人。长期任南开大学教授。

福州晨望

晨起凭窗望，山峦满眼中。
云多常带雨，海近自来风。
荔树家家有，竹楼处处同。
闽江两岸阔，最喜看乌篷。

荒　芜

荒芜（1916—1995），原名李乃仁。安徽蚌埠人。新中国成立以后，任中国社科院外国文学所研究员。

赠沈从文同志（二首）

一

新从圆领证唐装，老涉流沙认凤凰。
万里路加书万卷，白头人作探花郎。

二

对客挥毫小小斋，风流章草出新裁。
可怜一管七分笔，写出兰亭醉本来。

赠自己

羞赋凌云与子虚，闲来安步胜华车。
三生有幸能耽酒，一着骄人不读书。
醉里欣看天远大，世间难得老空疏。
可怜晁错临东市，朱色朝衣尚未除。

郭晋稀

郭晋稀（1916—1996），字君重。湖南湘潭人。长期任教，为西北师范大学教授。

夜雨有感

眼花错落雨溟蒙，隐几长时忆两翁。
书荐祢衡怀北海，屐迎王粲想南丰。
千茎白发书林里，三寸报藏道路中。
鉴此凄清无限事，废然心沮欲求东。

饶宗颐

饶宗颐（1917—2018），字伯濂、伯子，号选堂，又号固庵，广东潮州人。任香港中文大学、南京大学等校教授，兼任西泠印社社长。

咏优昙花诗

优昙花，锡兰产。余家植两株，月夜花放，及晨而萎；家人伤之，因取荣悴无定之理，为诗以释其意焉。

异域有奇卉，植兹园池旁。
夜来孤月明，吐蕊白积霜。
香气生寒水，素影含虚光。
如何一夕凋，殂谢亦可伤。
岂伊冰玉姿，无意狎群芳。

遂尔离尘垢，冥然返太苍。
太苍安可穷，天道邈无极。
衰荣理则常，幻化终难测。
千载未足修，转瞬讵为逼。
达人解其会，保此恒安息。
浊醪且自陶，聊以永兹夕。

刘逸生

刘逸生（1917—2001），广东中山人。长期从事诗词研究。新中国成立以后，为《羊城晚报》顾问、唐代文学学会理事。

题广州市六二三路反帝纪念碑

丰碑屹立白鹅潭，赫赫英名六二三。
反帝义旗惊海外，同仇赤血洒天南。
古榕尚蘸珠江碧，废垒曾闻野老谈。
此日重开新气象，高阳红喷万花酣。

李　锐

李锐（1917—2019），湖南平江人。新中国成立以后，任国家水利部副部长、中央顾问委员会委员、中央组织部副部长。

怀田家英

客身不意复南迁，随遇而安别亦难。
后海林荫同月步，鼓楼酒座候灯阑。
关怀莫过朝中事，袖手难为壁上观。
夜半宫西墙在望，不知相见又何年。

安　家

朝朝鸟叫仍惊鸟，岁岁花开未见花。
只要有书来做伴，自然无处不安家。

曾敏之

曾敏之（1917—2015），原籍广东梅州。落籍于广西罗城。曾任香港《文汇报》副总编辑、香港作家联谊会会长。

京华杂咏

二十五年魂绕地，今朝破雾到京华。
清樽影对人嗟老，神采奕然笔吐花。
几恨狐群倾社稷，更伤鼠辈践桑麻。
还期管乐回天地，霖雨苍生慰万家。

周汝昌

周汝昌（1918—2012），天津人。新中国成立以后，任中国艺术研究院研究员、顾问。

《读石头记交响曲序》感赋长句

六纪红坛阅死生，一痕石破九天惊。
锄兰漫拟沉湘愤，刖玉难同泣璞情。
肝胆嵯峨秦镜碧，是非寥落汉灰平。
谁能到此心涛静，病眼寒灯午夜清。

和友人咏芹之作

西山秋冷自看承，白下江波接广陵。
家世百年囚系槛，才华八斗月传灯。
悲欢分向情根堕，精彩长从砚底升。
剩买霜丝绣君像，春蚕谁为剥千层。

郭小川

郭小川（1919—1976），河北丰宁人。新中国成立以后，任中国作家协会书记兼秘书长，《人民日报》特约记者。

五　律

原无野老泪，常有少年狂。
一颗心似火，三寸笔如枪。
流言真笑料，豪气自文章。
何时还北国，把酒论长江。

何满子

何满子（1919—2009），浙江富阳人。早年从事新闻工作，新中国成立以后，任上海古籍出版社编审兼上海科技大学教授。

镝　贯

圣代崇文事不疑，苍生百炼亦难欺。
流年不惧交华盖，老谱堪援辨魍魉。
薄俗争谀财主赵，横眉独疾大王旗。
沉渣要泛由他泛，须信河清会有期。

题友人黄山西海夕照图

高手画山不像山，但存山气楮毫间。
方知神似胜形似，泼墨成章事更难。

吕　剑

吕剑（1919—），原名王聘之，曾用名一剑、原白。山东莱芜人。新中国成立以后，任《人民文学》编辑、《诗刊》编委。

春来碧桃花

春来碧桃花，灼灼发满枝。
流晖粲照耀，艳色天下稀。
行人叹啧啧，观者尽依依。
容姿独顾盼，夭夭难自持。
不知繁华日，已近零落时。

过虎门吊林则徐

两虎雄蹲锁碧津，一舟风雨过江门。
曾闻炮吼惊夷胆，更见灰飞醒国魂。
西谪流沙成恨海，东愁故土压玄云。
长城自坏真堪惜，独倚栏干泪沾巾。

吴丈蜀

吴丈蜀（1919—2006），四川泸州人。曾任湖北省社科院文学所负责人。

过秦始皇陵

暮春车过始皇陵，入眼荒坡草正青。
恍见灰飞焚曲籍，若闻鬼哭杀儒生。
八千兵马泥封俑，一统江山炭炽冰。
冢未底成尸尚暖，项王烈火灼咸京。

香　溪

手弄琵琶非汉音，此身已是北庭人。
塞垣今日舟车便，何不归来一省亲。

蔡起兴

蔡起兴（1920—1991），原名岫青，字乐中，别字心素，又号卷施老人。浙江湖州人。清华大学国学专修院毕业，抗战时参加敌后斗争。新中国成立以后，辗转在江西劳动。后从事教学工作。

七十初度有序（四首）

一

高唱罔陵韵未终，渊明自挽太匆匆。
生抛裘马能长乐，死有文章不算空。
栗里青山留野鹤，苕溪黄菊盼秋风。
天涯何处无知己，只在相逢一笑中。

二

天公未必降巫阳，枕上邯郸太梦长。
一咏一觞聊自遣，半留半送累人忙。
樵桐响彻惊时韵，桃李花飞过后香。
莽莽红尘千万劫，须弥芥子两无妨。

三

回首韶华一黯然，渔阳鼙鼓惨烽烟。
四声早辨先生喜，六艺能超戚友前。
共乐弦歌沾化雨，忽惊沧海变桑田。
七旬已似灵光独，愁煞彭铿八百年。

四

蓬莱织女缈云车，天上人间宿愿赊。
南圃未栽杨恽豆，东门犹羡邵平瓜。
魂牵西子湖边月，梦绕吴王苑里花。
烟柳斜阳何足讶，鸿蒙宇宙本同家。

舟行碧浪湖望陈英士先烈墓有感

推篷一望思无涯，国破何心恋物华。
佛子堂空生蔓草，英雄坟老落梅花。
巍巍石碣干云立，隐隐风帆入远斜。
剩有忠魂呼不起，残阳影里噪寒鸦。

台儿庄大捷

谁说中华事已沦，暴风雨下更无人。
将军百战终亡狄，壮士千秋不帝秦。
天下岂难三箭定，王师应见九州同。
拼他多少男儿血，洒作黄河一洗新。

徐　放

徐放（1921—2011），辽宁辽阳人。诗人。改革开放后，任职人民日报。

偶　成

闻道玉兰已着花，西郊路上语喧哗。
忽见隔墙杨柳色，始觉春天到我家。

赠傅璇琮

几度沧桑倦不思，论文读罢渐忘之。

老来犹有书生癖，夜半挑灯独锻诗。

霍松林

霍松林（1921—2017），甘肃天水人。专工诗词。长期任陕西师范大学教授。

荡寇书感（二首）

一

三岛肆长鲸，奔腾混八瀛。
神州持正义，天下结同盟。
东海一朝靖，黄河万里清。
建功岂徒武，殷鉴在秦嬴。

二

炎日落天外，凉风清九州。
烟笼千岭树，月满万家楼。
掣梃能摧锐，投鞭岂断流。
民心即天意，妙悟静中求。

七七年元旦试笔

此心常向艳阳红，浮想联翩兴不穷。
赞枣讥桃宁有罪，驱蚊伏虎竟无功！
覆盆撞碎头虽白，插架焚残腹未空。
形象思维终解放，吟鞭欣指万花丛。

叶嘉莹

叶嘉莹（1924—），号迦陵。北京人。于辅仁大学毕业后，应邀赴美国哈佛大学和密西根州立大学任客座教授。后移居加拿大。晚年回国定居。

转　蓬

转蓬辞故土，离乱断乡根。
已叹身无托，翻惊祸有门。
覆盆天莫问，落井世谁援。
剩抚怀中女，深宵忍泪吞。

晚秋杂诗

深秋落叶满荒城，四野萧条不可听。
篱下寒花新有约，陇头流水旧关情。
惊涛难化心成石，闭户真堪隐作名。
收拾闲愁应未尽，坐调弦柱到三更。

题　诗

题诗好订他年约，赠画长留此日情。
感激一堂三百士，共挥汗雨送将行。
当时观画频嗟赏，如见骚魂起汨罗。
博得丹青今日赠，此中情事感人多。

哭母诗

叶已随风别故枝，我于凋落更何辞？
窗前雨滴梧桐碎，独对寒灯哭母时。

绝　句

构厦多材岂待论，谁知散木有乡根。
书生报国成何计，难忘诗骚李杜魂。

陈贻焮

陈贻焮（1924—2000），湖南新宁人。长期任北京大学教授。

冬日西湖

向阳翠柳尚飘丝，岁暮江南摇落迟。
地近苏堤春意早，隔年先发海棠枝。

喜　赠

楚南燕北见无因，偶识骅骝叹绝尘。
莫讶诸君富才调，屈原宋玉是乡亲。

冯其庸

冯其庸（1924—2017），名迟，字其庸，号宽堂。江苏无锡人。新中国成立以后，任中国人民大学教授、中国红楼梦学会会长。

终南山杂诗

三秋未获故人书，春到滈河忆旧居。
细雨槐香当日梦，满庭月色尚如初。

感　事

千古文章定有知，乌台今日已无诗。
何妨海角天涯去，看尽惊涛起落时。

香山访曹雪芹遗址

千古文章未尽才，江山如此觅君来。
斜阳古道烟村暮，何处青山是夜台？

罗　洛

罗洛（1927—1998），名泽浦。四川成都人。新中国成立以后，任上海大百科全书出版社编审、上海市作家协会副主席。

游北京西山步雪芹原韵

乘兴高歌又浅吟，攀槐折柳踏蹊深。
樱桃沟上晓云薄，半月池中丛竹阴。
泉石参差犹可辨，音容渺茫欲何寻。
西山怅望蒸岚起，乱岫嵯峨傍密林。

吴淮生

吴淮生（1929—），安徽泾县人。新中国成立以后，任宁夏作家协会副主席。

次韵呈臧克家同志

日照桑榆正蓊茏，童心长在未为翁。
诗人何必嗔台镜，霜叶春花一样红。

咏　兰

自居空谷自芳菲，不向尘寰向翠微。
重紫浓朱难做伴，清风朗月却相依。
欣将玉影临深涧，闲沁幽馨入洞扉。
山里香飘山外去，谁云寸草负春晖！

李汝伦

李汝伦（1930—2010），吉林扶余人。新中国成立以后，任广东省作家协会理事。

秋日登高

炎威减退忆红羊，独上高台对莽苍。
远韵谁家风送笛？好歌何事句留创？
念年左氏春秋传，一代才人血泪场。
焉得二三同调至，铜琶铁板啸清商。

武侯祠杂咏

劳心空筑读书台，公辅终无后继才。
独为武侯悲失策，未招皮匠百千来。

杨金亭

杨金亭（1931—），又名鲁扬、若萍。山东宁津人。新中国成立以后，任《诗刊》社编审。

村歌唱晚（三首）

一

丽日青天四月初，村村七彩雨如酥。
农民自有丹青笔，描出人工降雨图。

二

叶茂枣甜荫满垄，十年斧斤几经风。
老干斫去根还在，新枝又挂串珠红。

三

窗明几净石头房，梨枣殷勤劝客尝。
庄户新来不藏富，家家邀客看粮仓。

瞻仰郑板桥画像

民命千钧印绶轻，而今潍县说官声。
青衫每湿寒家泪，壮志难酬广厦情。
墨洒竹枝存直道，恨凝诗卷刺昏庸。
乌纱一掷余何物？朗朗青天两袖风。

题景阳冈武松祠

俚曲昔闻武二郎，今朝来访景阳冈。
古碑漫证传奇梦，新塑重温水浒章。
棉海已非藏虎地，酒家何处透瓶香？
安良除暴人间事，哪有神仙降上方！

沈 鹏

沈鹏（1931—），江苏江阴人。曾任人民美术出版社编辑、中国书法家协会主席。

《六骏图》随神舟六号升宫抒感

时空有隧道，跃上第几层？
星月过交臂，烈日曾烂蒸。
开舱惊隔世，丹青光泽仍。
远观复近察，疑有异气腾。
何须揽长辔，火云托舟升。
神州多奇事，“六骏”胜昭陵。

黄瑞云

黄瑞云（1932—），湖南娄底人。新中国成立以后，任湖北师范大学教授。

珞珈山看樱花寄友人

宁乡风月武昌烟，畅想狂谈记昔年。
梦里江南春草路，望中汉北夕阳天。
年光好云真如水，壮志何曾早着鞭。
记否珞珈山上树，樱花一十八回妍。

蒲圻赤壁

千里舳舻不可当，曹营哪得识周郎。
老瞒横槊高歌罢，满江烈火走仓皇。
舟人指点话前朝，英雄落没皆陈迹。
几朝称帝复称王，江水摧崩赤壁石。

吴志祥

吴志祥（1933—），湖北罗田人。曾在罗田县供销合作社任职。

咏　菊

金凤玉露苦相侵，想是神仙历劫尘。
休向牡丹争富贵，且随红叶乐清贫。
黄巢述志犹嫌妒，陶令吟诗尚近情。
不许东皇常冷眼，高怀千古有知音。

邵燕祥

邵燕祥（1933—），浙江绍兴人，出生于北京。新中国成立以后，任中国作家协会主席团委员、《诗刊》副主编。

无　题

山似文章不喜平，楼高正好望秋晴。
半生追日讵云妄，四海为家信可行。
愁到酒边新病胃，诗沉江底浪知名。
平林剪尽觚棱外，八月栏杆独一凭。

自温旧稿

直是须焚未忍焚，已还彩笔未还心。
痴情千古焚难烬，为有平生未报恩。

吴文鼎

吴文鼎（1933—2009），又名吴文丁，号柘园居士，别号梅风堂主。江西金溪人，长期从事编辑工作。

金陵一瞥

千载名都气象稠，江涛依旧送行舟。
秦淮水泣裙衩泪，钟阜烟销夷狄仇。
万里碧波沉铁锁，两行白鹭立芳洲。
六朝多少兴亡事，都付苍茫二水流。

柘园夜话踵韵伯权

天涯落拓一痴翁，卅六家山独恋中。
过客消闲如野鹤，故人有约似飞鸿。
优游泗水尼山意，纵酒名山太白风。
夜话联床忘得失，朝愁暮雪笑鸡虫。

王　蒙

王蒙（1934—），河北南皮人，生于北京。小说名家。新中国成立以后，任国家文化部部长、中国作家协会副主席。

泉边听水声

濯脚泉边听水声，饮茶瓜下爱凉棚。
犊牛傲客哞哞里，乳燕多情款款中。

户户磨镰迎夏熟

蚕豆花开苦豆锄，蔷薇初谢马兰疏。
家家列队歌航海，户户磨镰迎夏熟。

袁行霈

袁行霈（1936—），江苏武进人。长期任北京大学教授。新中国成立以后，任国务院参事室参事。

三溪园

暂借松阴纳午凉，蝉鸣更觉暑天长。
几椽草屋浑如画，四面荷花袖底香。

日光红叶

古木寒苔小径通，客身恍在画图中。
秋山晚叶浓如酒，醉染天边夕照红。

郑伯权

郑伯权（1938—），笔名江右布衣。江西金溪人。当代诗人，有多部诗词集出版。

八表同风天地宽

枝叶经霜势已安，登临极目望远滩。
顺流借水行舟易，深海张帆转道难。
劲节虚衷堪大任，扫除冰雪岂惧寒。
中华正气重来续，八表同风天地宽。

新春有感

泰岳高风仰北斗，东来紫气满神州。
花依春树应先发，心近福田自可求。
愧少涓埃答盛泽，尚思绵薄慰清流。
乡园寄语桑麻事，瓯卜无忘问喘牛。

秦淮故事诗（三首）

一

香君楼对秦淮河，夫子庙前看劫波。
了却帝王天下事，桃花扇底听弦歌。

二

旧院墙低贡院高，胭脂水墨一河漂。
年来折得月中桂，踏着野花过板桥。

三

朱雀桥头柳弯腰，乌衣巷口月渐高。
秦淮灯影桨声里，一部评书说六朝。

《蔡起兴诗词集》编后

弦断瑶琴事已空，谁依异响识焦桐。
阳春白雪难成曲，剩有诗家一缕魂。

答友人问

独对孤灯一病身，管他风雨管他晴。
年年桃树换新种，岁岁新酒装旧瓶。
篱下每思问菊句，临溪绝少羡鱼情。
不知魏晋世间事，我本桃花源里人。

李茂根

李茂根（1938—），江西泰和人。长期创作旧体诗词。新中国成立以后，任《抚州文化报》总编辑。

诸友游麻姑山遇雨感怀

四野霖霖天约语，邀来远客逐飞鸢。
实襟万古神灵雨，眼拭千秋佛国烟。
几揽洞天无旧梦，三巡福地有新缘。
吾生已老身何寄，若遇麻姑即化仙。

张锦裳

张锦裳（1938—），江西余干人。从事教育和地方党政工作。中国书法家协会会员。

题笔潭书屋

月明溪水映高墙，翰墨姻缘继世长。
若问琅嬛何处是，一园枝叶护书香。

刘　章

刘章（1939—2020），笔名尔玉，河北兴隆人。诗人。新中国成立以后，任石家庄市文联副主席。

山　行

秋日寻诗去，深山石径斜。
独行无向导，一路问黄花。

李春林

李春林（1945—），笔名天郊、春天。江西赣州人。长期从事编辑工作，新中国成立以后，任江西人民出版社编辑、编审。

匡庐传说

渺渺西周远，荒洪草木摧。
长江大岸边，拔地山崔嵬。
峰峦浮云海，壁立千仞桅。
云退峥嵘见，奇秀天下魁。
九天瀑布挂，月出巧云裁。
千载风云聚，万年天地陲。
孤山无有路，茅塞少人开。
匡俗七兄弟，弃官砥砺来。
开山为客隐，一步一惊雷。
寻觅云生处，远离尘世埃。
云舒又云卷，花落自花栽。
泉水潺潺下，鸟鸣唧唧猜。

山前叩大石，一叩洞天开。
原是仙人洞，邀登仙子台。
一泉滴万载，洞壁长青苔。
得道寻仙地，炼修脱凡胎。
托庐岩岫上，避世除祸灾。
草创维艰日，心安不思回。
忽闻御旨到，如响青天雷。
天子召匡去，求匡辅国才。
匡君冷向视，人去庐门开。
御马信由缰，马过草成堆。
沧海桑田变，星沉日又催。
摩崖诗万古，立寺山千隈。

居杭州

索道灵隐白乐桥，人间天上寺园华。
客影香火晨光动，僧背夕阳雁齿斜。
月走云栖松下路，虎跑龙井雨前茶。
老来更识人生味，登北高峰看落霞。

张宝林

张宝林（1947—），笔名一夜庐、田子。河北安新人，曾在人民日报社任职，后调任《华夏时报》总编辑。

勃兰登门

曾经远眺勃兰登，烟树昏鸦噪晚晴。
昔日沙场游客嬉，谁将玉帛化戈兵。

西班牙阿兰布拉宫

旧宫花草未凋零，梁燕呢喃说废兴。
溅玉飞珠琴慢慢，雕楼画壁柱亭亭。
千年霸业曾吞虎，几度颓垣不落鹏。
最叹涸泉频死鲋，犹缠蝇利闹偏廷。

谭仲池

谭仲池（1949—），笔名谭笑、辛宁等，湖南浏阳人。曾任湖南省文联主席。有小说、散文、诗集若干。

仰辛弃疾墓

醉卧阳山灯尚明，连营鼓角送晨昏。
喋血驱寇补国破，焚心铸字扶天倾。
剑唤梅花千山雪，书催铁马万里尘。
把酒吟诗观天下，仍留浩气壮乾坤。

许智来

许智来（1967—），山东临朐人。多有诗词见诸报刊。

南国秋荷

芳菲洒尽锁清魂，浅草依依顾盼春。
秋风不犹湖水静，枯荣淡去远凡尘。

李　静

李静（1972—），湖南衡东人。中华诗词学会会员。

咏梅岭玉

山有精魂亘古藏，偶来世上带寒霜。
微含春水三分碧，暗惹梅花一缕香。
扣以清音闻妙曲，佩之明月漾流光。
宜磨宜琢洪荒后，真性万年终不伤。

编　后

古有《诗经》三百篇。盛唐诗人辈出，后人编纂《唐诗三百首》流布于今。

泱泱中华，诗的国度。近代以降，诗人辈出，古韵新声多有佳作。去秋的一次文友聚会，有人提议，何不编一本近、现、当代的旧体诗词，以光大诗文传统，纪录实绩，启迪后学，还可以成为一份新文化历史的记录。几位同道者热情，遂推举文坛宿将、对诗词素有研究的袁鹰先生牵头，并组成有关编辑组。

面对浩若烟海的诗作，要做到不同时代，不同人物，各有代表，不是件易事。勉力为之，遴选佳作，或可从中窥见各个诗家的斑斓情怀和风流文采，也可一睹近、现、当代中华古诗新韵的蔚蔚大观。因种种原由，有些佳作，特别是领袖政要之作，未能入选，甚为遗憾。也因编者视野所囿，遗珠之憾，在所难免。

在编选中，个别作者（包括过世作者的后人）的联系方式不详，未及时沟通，深表歉意。有关未尽事宜，恳请与编者或出版社联系。

本书的编辑出版，得到各方文友大力帮助。江西诗人郑伯权、朱昌勤、李春林诸先生，为编选和出版做了许多工作。对他们所付出的精力和劳作，在此表示深深的感谢。作家出版社领导和有关编辑鼎力襄助，谨致谢忱。

编者

2019年冬月

图书在版编目（CIP）数据

古韵新声诗三百 / 袁鹰主编. -- 北京：作家出版社，2020. 5

ISBN 978-7-5212-0897-9

Ⅰ. ①古… Ⅱ. ①袁… Ⅲ. ①诗集－中国－近现代 Ⅳ. ①I22

中国版本图书馆CIP数据核字（2020）第041952号

古韵新声诗三百

主　　编：袁　鹰
副 主 编：缪俊杰　王必胜
责任编辑：宋辰辰
装帧设计：金　刚
出版发行：作家出版社有限公司
社　　址：北京农展馆南里10号　　**邮　　编**：100125
电话传真：86-10-65067186（发行中心及邮购部）
86-10-65004079（总编室）
E-mail:zuojia@zuojia.net.cn
http://www.zuojiachubanshe.com
印　　刷：三河市兴博印务有限公司
成品尺寸：142×210
字　　数：105千
印　　张：10.5
版　　次：2020年5月第1版
印　　次：2020年5月第1次印刷
ISBN　978-7-5212-0897-9
定　　价：69.00元